世界をめぐる
チキンスープ

神楽坂スパイス・ボックス❸

長月天音

ハルキ文庫

角川春樹事務所

目次

プロローグ

午前十時の東京、神楽坂《かぐらざか》。

神楽坂通りから左右にいくつも伸びる路地の奥の奥である。

古民家の一階に店を構えるスパイス料理店『スパイス・ボックス』は、今朝も開店準備に大忙しだ。

格子窓をすべて開け放って、土間の床にモップをかけていた前橋《まえばし》みのりは、何気なく聞いていたラジオのニュースに動きを止めた。


とうとう関東甲信地方の梅雨入りが発表されました。


みのりの顔が一瞬のうちに憂鬱《ゆううつ》なものに変わる。

細い路地に面して店を構える『スパイス・ボックス』の客の入りは、天候に大いに左右される。この店の経営者でもあるみのりがたちまち不安に襲われるのも無理はない。

「お姉ちゃん、梅雨入りだって～」

みのりは厨房《ちゆうぼう》に向かって声を張り上げた。

大鍋《おおなべ》で大量の玉ねぎを炒《いた》めているのはこの店のシェフ、辻原《つじはら》ゆたかである。

そう、『スパイス・ボックス』は姉妹で営むスパイス料理店なのだ。

ゆたかは手を休めずに大声で妹に返した。

「梅雨が終わらなきゃ夏が来ないじゃない。夏が来たら、いよいよスパイス料理の本番よ！　ワクワクするわねぇ」

にっこり笑う姉のいつものポジティブシンキングに、毎度のごとくみのりは驚かされる。

そして、思うのだ。

まぁ、何とかなるか。

お姉ちゃんがいるんだから、と。

第一話　おチビちゃんのスパイスパーティー

1

ランチタイムが終わり、神楽坂の路地に佇《たたず》むスパイス料理店『スパイス・ボックス』は、三十分前までの賑《にぎ》わいが嘘《うそ》のように静まり返っていた。

現在はお茶とお菓子を供するティータイム営業中だが、残念ながら店内に客の姿はない。

シンクに溜《た》まった洗い物もきれいに片付き、最後のグラスをキュッと磨き上げたみのりは、顔を上げてため息をついた。

静かだ。

梅雨に入ってから、ほとんど太陽の光を見ていない。

古民家は雨の気配が強く感じられるように思う。

路地に沿った格子窓にはすりガラスが嵌《は》められ、外の様子はほとんど分からない。

けれど、しとしとと壁や窓を打つ雨の気配だけは、視覚以外の感覚ではっきりと感じられるのだ。時折、路地を通り抜ける車がシャバシャバと水音を立てるが、それも漆喰《しっくい》の壁に吸い取られ、店内はすぐに静寂に包まれる。

みのりはもう一度ため息をつき、顔を上げて店内を眺めた。

低い仕切りの裏側は四席のカウンター席、その向こうに四人掛けテーブルが六卓。収納スペースを利用した三畳ほどの座敷もあるが、満席の時は狭苦しく感じる店内も、こうして見るとずいぶん広々としている。

カウンター席の厨房側は、狭い調理台とシンクになっていて、下げた皿はすぐに水に浸《つ》けられる。つまり洗い物をしながらも店内に視線を配ることができるのだ。

最初から姉妹二人で切り盛りするつもりだったから、改装の際に動線を最優先にしてほしいと依頼したのである。

昨年九月末の開店からおよそ八か月が経《た》った。

近所に住む大御所作家、鮫島周子《さめじましゅうこ》が贔屓《ひいき》にしてくれ、本格的なスパイス料理が気軽に食べられるとの口コミも広がって、近隣の会社員を中心に少しずつ常連客が増えていった。

おかげで『スパイス・ボックス』の経営は何とか順調である。

しかし無人の店内を眺めると、たちどころに不安に襲われる。

いくら自信たっぷりのメニューを並べていても、客が来てくれなければ一銭の売上にもならない。これまで会社員として毎月当たり前にお給料をもらっていたみのりは、つくづく商売の厳しさを噛《か》みしめる。

「ただいまぁ」

ガラガラと玄関の引き戸が開き、姉のゆたかが戻ってきた。

「すごい雨。『手打ち蕎麦《そば》　坂上《さかうえ》』さんも、早々に暖簾《のれん》を下ろしていたわ。神楽坂通りの人通りもまばらだったし、これじゃあ、今夜はサッパリね」

開いた入口から一気に湿った空気と雨のにおいが入り込んでくる。

ゆたかは外に向かって傘の水滴を振り払いながら、雨音に負けない声を張り上げた。お気に入りの真《ま》っ赤《か》な傘が、水墨画のような暗い景色の中で鮮やかに映えている。

「こんな天気じゃ、誰《だれ》も外に出たくないよ」

みのりは皮肉を込めて言った。

ランチタイムは常連の会社員のおかげでテーブル席は埋まったものの、平時よりもびっくりするくらい引きが早かった。

一時過ぎには最後の客が席を立ち、「これはダメだ」と思いながら玄関の外まで見送りに出たみのりが戻った瞬間、ゆたかは「ちょっと買い物に行ってくるね」と鼻歌交じりに雨の路地へと飛び出して行ったのだ。

「何もあんな雨の中出かけなくてもよかったのに。そんなに必要な物があったの？」

「うん。絶対に必要だったの」

ゆたかはお気に入りのエコバッグを調理台に置いた。バッグはぽっこりと膨らんでいる。

「何を買ってきたの？」

「バナナよ」

「バナナ？」

「そう。新しいメニューを試作するの」

どうやら姉も、この雨では来客が見込めないと考えて外へ出たらしい。

ゆたかはエコバッグから見事なバナナを取り出した。

「すごく立派なバナナ」

いったい一房に何本バナナが付いているのか。そのひとつひとつが瑞々《みずみず》しく張りつめ、鮮やかな黄色が薄暗い店内でひときわ輝いて見える。きっと神楽坂通りの果物屋の主人も、こんな雨降りに訪れたゆたかに、とびきり上等なバナナを選んでくれたに違いない。

まだ若いバナナから放たれる甘酸っぱい香りに、みのりは耐えかねて声を上げた。

「お腹空《なかす》いた。お姉ちゃん、一本食べてもいい？」

「ダメ！　すぐに賄いを作るから、待っていなさい」

「ケチ」

「新作デザート、食べたくないの？」

そう言われてしまえばおとなしく待つしかない。みのりはすごすごとカウンター席に向かった。

ゆたかはよほど試作が楽しみと見えて、上機嫌で賄いを作り始める。

「この天気でそんなに浮かれているの、お姉ちゃんくらいだよ」

「そう?」

炒《いた》め物の手を止めて、ゆたかがカウンターを振り返った。

みのりはカウンターに頬杖《ほおづえ》をつき、ふうとため息を漏らす。そういえば、今日のランチタイムはカウンター席に一人も客を案内していない。

「私は雨だと一気に気が重くなっちゃう。だってお客さんが来ないんだもの。忙しい時は『ああっ、もうこれ以上は無理!』なんて思うくせに、お客さんがいなくなるとたちまち不安でたまらなくなる。こんな日が続いたらどうしようって、心配で心配で胃が痛くなっちゃう」

「前も言ったじゃない。そういうものよ」

ゆたかはかつて館山《たてやま》のリゾートホテルのシェフをしていた。もともと繁忙期と閑散期の差が激しい職場にいたため、みのりよりもずっと肝が据わっているのだ。

「分かっているけど、私は小心者なんだもの」

「小心者は、会社を辞めて店を開いたりしないでしょ」

ゆたかが笑い飛ばす。

「それもそうだ」

みのりもつられて笑った。

『スパイス・ボックス』の開業はほとんど思い付きだった。

発端はリストランテを営む恋人にふられたことだ。

オーナーシェフである真田《さなだ》和史《かずふみ》の妻となり、リストランテのマダムとして夫を支えるというみのりの夢は、些細《ささい》な行き違いで粉々に打ち砕かれたのである。

元カレを見返してやりたいという思いをモチベーションに、みのりは働いていた出版社を辞め、『スパイス・ボックス』の開業に踏み切った。

ただし、最初からスパイス料理をやるつもりだったわけではない。

料理雑誌の編集部にいながら、調理がからきしだったみのりが頼み込んだ相手は、ホテルのシェフをしていた姉である。

その頃《ころ》のゆたかは夫を亡くして実家で塞《ふさ》ぎ込んでいた。

大好きだった館山のホテルも辞めてしまった姉が心配で、自分の店の料理を任せることで立ち直らせようとしたのだ。

料理人を引き受ける代わりに、ゆたかが出した条件がスパイス料理だった。

その姉が、今は水を得た魚のようにくるくると調理場を動き回っている。

「あの時は勢いだけだったからねぇ。でも、やっぱり私は小心者だよ。今は毎日不安で仕方がないもの。明日も雨だったら、明後日《あさって》も雨だったらってね。お客さんに対してもそうだよ。ちゃんと楽しんでくれたのかな、また来てくれるのかなって、いつも心配ばっかりしているんだから」

「また来てくれなかったら、私の料理に問題があるってことじゃないの」

ゆたかが不満そうな顔をした。

ゆたかは経営に関して口を出さない。みのりもゆたかの料理には口を出さない。相談することはあっても、お互いを信頼しているのだ。それにみのりは、ゆたかがどんなアイディアを出してくるのか楽しみで仕方がない。実際にゆたかのスパイス料理は見事に客の心をつかんでファンも多い。

「料理に問題はありません。まぁ、何というか、漠然《ばくぜん》とした不安というやつよ。だから小心者だって言っているの」

ゆたかが安心したようにふふっと笑った。カウンターにサラダを置く。

「小心者でいいのよ。そのほうが慎重になるわ。みのりのおかげで私は安心して料理に専念していられるの。いつも周りをよく見ていて、何かあればすぐに教えてくれるからね」

ゆたかの笑顔はいつだってみのりの不安を溶かしてくれる。

「持つべきものは、絶対的に信頼してくれる家族だなぁ……」

和史にふられてから、相手に自分が受け入れられているか不安でたまらない時期があった。けれど家族だけは、みのりの何もかもを受け入れてくれると信じられた。それが大きな安心感となって、今のみのりを支えている。

「くよくよしたって仕方ないか。こんな時こそしっかり食べて力を蓄えておかなくちゃ」

「さぁ、できたわよ」

いつの間にか店内には食欲をそそるナンプラーとホーリーバジルの香りが漂っていた。ガパオライスだ。上ではつやつやとした半熟の目玉焼きが揺れている。

「どうぞ、召し上がれ」

「いただきます」

みのりは胸の前で力いっぱい両手を打ち合わせた。


姉妹はカウンターに並んで座り、いつもよりもゆっくりと賄いを食べ終えた。

雨音の他はひっそりと静まりかえり、路地にも人通りの気配はない。

「コーヒーでも淹《い》れようか」

みのりは皿を片付けがてら、厨房のコーヒーメーカーに豆をセットした。

このままでは満腹も手伝って、居眠りでもしてしまいそうだ。カフェインを摂取して、溜めていた納品伝票や請求書の整理を一気に片付けようと気合を入れる。

「コーヒーはこっちでいただくわ」

ゆたかはさっそく試作に取り掛かるようで、いそいそと厨房に行ってしまった。

みのりはカウンター席に座り、事務仕事に没頭しようとした。

しかしすぐに頭は数字から逃避し、いつか手を加えたいと思っているドリンクメニューや、新しいお客さんを増やすにはどうしたらいいかということばかり考えていた。

『スパイス・ボックス』を訪れるみのりの友人や知人たちは、それぞれ店のオーナーだったり、雑誌の誌面を飾るソムリエだったり、大御所作家だったりと、すでに自分の道を確立した人たちばかりだ。ついそういう相手と比べてしまい、焦りが出るのも仕方がない。

みのりは電卓を叩《たた》く手を止めて、しばし天井を眺めた。

その大御所作家が言っていたではないか。飲食店は最初の三年が肝心だと。

まずはしっかりと足場を固めねば。

そのためには、やはり新規顧客の獲得である。

みのりの頭は堂々巡りを繰り返す。

さっさと伝票整理を終わらせようと、冷めたコーヒーを飲み干した時だった。

甘い香りが厨房から漂ってきた。

いいにおいだ。いくつもの甘い香りが重なり、みのりはしばし陶然とする。

決定的なにおいを嗅《か》ぎ取った時、みのりはハッとした。

チョコレート！　そして、甘酸っぱいバナナの香り。

ゆたかが嬉《うれ》しそうに抱えていた立派なバナナを思い出した。

まさか、チョコバナナ？

ゆたかはいったい何を試作しているのだろう。

前々から、食後の軽いデザートではなく、ティータイム時間のメインになるようなインパクトのあるスイーツを用意したいと姉に相談をしていた。最近ではハーブを使ったシフォンケーキを作ってくれたが、もう何品か増やして魅力的なメニューを揃《そろ》えたい。

みのりは好奇心を抑えきれず、厨房に向かった。

「お姉ちゃん、何を作っているの？」

「何って、新商品よ」

「もしかしてチョコバナナ？」

「まぁ、そんな感じ」

ゆたかがうふふと笑う。

「ねぇねぇ、見せてよ」

どうやらまだ仕上げの途中らしい。

大きめの平皿にはふっくらと焼いたロティが載せられ、チョコレートソースがたっぷりとかけられている。ゆたかはその上にココナッツフレークをパラパラと散らすと、スライスしておいたバナナを添え、ちょこんとミントを飾った。

「クレープみたい」

「ロティのアレンジよ。中身は切ってからのお楽しみ」

ちょっと待っていて、とゆたかはスマートフォンを取り出して、何枚か写真を撮った。

「行くわよ」

ゆたかが神妙な面持ちで、ふっくらとしたロティにナイフを入れた。

みのりは息を殺して姉の手元を凝視する。

中央から真っ二つに切り分けられたロティの片方をフォークで押さえ、ゆたかはゆっくりと左右に開いていく。熱が加わったバナナの甘酸っぱい香りが溢《あふ》れ、切り口からはトロッとソテーしたバナナが流れ出た。

「うわ、いいにおい。絶対に美味《おい》しい！」

「バナナをココナッツオイルでソテーして、南国っぽくしたの。熱が入ったバナナは甘みが増して美味しいからね。さぁ、食べてみて」

みのりは切り分けられたロティにチョコをたっぷりと絡めた。口に入れたとたん、チョコの甘みとココナッツ風味のバナナの甘酸っぱさが広がり、思わず呻《うめ》いてしまう。

幸せを噛みしめるとはまさにこのことだ。次の瞬間にはほっこり頬が緩んだ。

「チョコとバナナってやっぱり最強の組み合わせだよねぇ。隠し味のシナモンもいい」

「美味しい？」

「うん。美味しい」

「デザートメニューに加えてもいい？」

「ぜひお願いします。バナナなら、いつもの八百屋《やおや》さんに頼めば毎日でも持ってきてくれるよね。見た目も豪華だし、そこそこのお値段もいただけそう。きっとティータイムの目玉になるよ」

ゆたかはほっとしたように眉《まゆ》を下げた。

「アヤンさんのお店にね、デザートナンがいくつかあったでしょう。チョコナンとナッツやトロピカルフルーツを挟んだナン。あれを参考にしたのよ」

およそひと月前、『スパイス・ボックス』でインド料理のパーティーを行った。

発起人は鮫島周子だ。イギリス留学中に出会った友人と『スパイス・ボックス』で再会したのをきっかけに、留学時代の友人たちと同窓会がしたいと言い出したのだ。

留学中に食べたインド料理に強い思い入れがあり、おまけにかなりの食通でもある彼らのパーティーとくれば、さすがのゆたかも頭を悩ませた。そこでアドバイスを得るために、インド料理の師匠であるアヤンさんの店を訪れたのだ。

その時に教わったのが、様々なバリエーションのナンだった。中に具材を包むものから、上にトッピングするものまで何種類もあり、ゆたかはそれをロティにアレンジしたのだ。

パーティー当日、一口大にカットしたロティはおつまみに最高と大好評だった。周子たちは甘い物よりもお酒というタイプだから、その時はデザートのロティは用意しなかったのだ。

「なるほど。その時からアイディアを温めていたのね」

「まぁね。本当にアヤンさんには教えてもらうことばかりだわ。ほら、あの後、みのりとお母さんを連れて、アヤンさんのお店に行ったでしょう」

「うん、いいお店だったね」

周子たちのパーティーが無事に終わった後、報告も兼ねて、ゆたかとみのりはアヤンさんの店を訪れた。この時、母親のさかえも誘ったのだ。

「あの時、アヤンさんのお店もいつの間にか満席だったよね。みのりは気付いていたかな」

「何に？」

「お客さんの半分が子供を連れた家族連れだったの」

「えっ、そうだったかな」

みのりの声が尻《しり》すぼみになる。最初は物珍しさにキョロキョロしていたものの、いざ料理が運ばれてくると、食べることにすっかり夢中になってしまったのだ。

デザートの話で盛り上がっていたはずが、いつの間にかゆたかは浮かない顔になっていた。

「私、子連れのお客さんが多いことに驚いたの。だって、ここでは子供の姿なんてほとんど見ないじゃない？　だから勝手に、インド料理は辛いイメージがあるから子供なんて連れてこないだろうって思い込んでいたのよね。バカよね、自分でさんざんマイルドなカレーを作っているくせに」

　みのりは頭をガツンと殴られたような衝撃を受けた。

　言われてみれば、開店以来、『スパイス・ボックス』に子供を連れて来た客はほとんどいなかった。

　スパイス料理店と言っても、これまで「辛さ」を特にアピールした記憶はない。どちらかと言えば、スパイスとハーブの効用をうたい、美味しいだけでなく心と体を元気にする料理だとおすすめしてきたはずだ。

　ありがたいことに料理は好評で、近隣の会社員や住人、神楽坂散策の観光客などが訪れ、めいめいに料理やドリンクを楽しんでくれている。

　しかし、そこに子供と一緒に食事を楽しむ家族の姿はない。

　ターゲットの客層に、子供連れを避けたわけではない。まるっきり失念していたのだ。

　みのりは現在三十四歳。大学卒業後に就職した出版社では、料理雑誌の編集部に配属され、忙しさにいつしか学生時代の友人とも疎遠になっていた。会うのは唯一、結婚式の招待状が届いた時だけだ。しょっちゅう誘われる彼女たちとのランチ会にでも参加していれば、夫や子供の話題に触れる機会もあっただろう。

「ああ、子供が来てくれていないのか……」

みのりは天井を仰いだ。

無理もない。出版社では周子のような大御所作家や、老舗《しにせ》料亭の板長、熟練のコックに可愛《かわい》がられ、自分がいつまでも子供のようなものだった。

「ファミリー層を取り込めていないんだね。ごめん、盲点だった」

「私も気にしたことなかったもの。でもね、みのり。私、ここで働き始めて驚いたことがあるの」

「何？」

「神楽坂って、由緒ある料亭や高級店から気軽に立ち寄れるお店まで、ジャンルを問わず飲食店が軒を連ねる繁華街だと思っていたの。私も食事の目的でしか来たことがなかったし」

「神楽坂に店を出すって言った時、お姉ちゃんはしり込みしていたもんね」

「うん。でもすぐにこの街にもちゃんと暮らしがあることに気づいたの。この路地だって少し奥に行けば住宅街だし、周子先生は生まれも育ちも神楽坂だもんね。家族連れが来ないってことは、この街に住む人々をまだ取り込めていないってことなのよ」

「うん……」

これまで、何とか顧客を増やそうと頭を悩ませてきた。そのひとつがティータイムの営業で、神楽坂散策の人々に気軽に立ち寄ってもらおうと始めたのだった。

現在、その時間の利用客の大半が女性である。時間を気にせず、いつまでもおしゃべりに興じている彼女たちは、もしかしたら近所に住んでいるご婦人方かもしれない。だとすれば、彼女たちにも家族はあるはずだ。

みのりはゆたかが作ったロティの皿を見下ろした。

姉も自分も子供の頃からバナナが大好きだった。

「お姉ちゃん、もしかして子供のためにデザートを考えてくれたの？」

「うん。お料理よりもお菓子のほうが喜んでくれるかなって思ったの。スパイス料理が難しいなら、せめて美味しいデザートでって」

自分が気づかないところで頭を悩ませてくれていたのかと思うと、何だか情けなかった。

みのりはしばし考えた。

チョコバナナのロティは確かに美味しいし、子供も好きそうだ。でも、これまでゆたかが作ってきたカレーだって、けっして子供が食べられないものばかりではない。

みのりは勢いよく顔を上げた。

「ねぇ、お姉ちゃん。デザートに頼らなくても、ファミリー層は来てくれると思うの」

「え？」

ゆたかはぽかんとみのりを見つめた。

「お姉ちゃんもよく言っているじゃない。スパイスは辛いもののほうが少ないって。子供たちもきっとマイルドなカレーが好きだよ。私たちの使命は、スパイスは辛いという偏見を取り除いてもらうことだと思う」

「使命……」

「そう。きっかけは何でもいい。一見《いちげん》さんでも常連さんでも、家族を誘って来てもらえるようにしなきゃ。デザートよりも料理で勝負しようよ」

ゆたかは目をしばたたいた。

「何だかみのりが頼もしいわ」

「経営者ですから」

胸を張ったものの、ゆたかに指摘されるまで気づかなかったことは確かだ。

この難題をうまく乗り越えられれば、新しい客層を取り込むことができるかもしれない。

みのりの胸に新たな決意が湧《わ》きおこった。

相変わらず雨が降り続いている。

事務仕事を終えて手持ち無沙汰《ぶさた》になったみのりは、普段は手が回らない部分の掃除でもしようと、椅子《いす》に乗って棚の上や電気の傘を磨いていた。

不意にすりガラスの向こうに何かが揺れた。人影だ。

いつの間にか身に着いたセンサーのようなものが、即座にお客さんだと反応する。

「いらっしゃいませ！」

引き戸が開くのとほとんど同時にみのりは声を上げた。

入ってきたのは、何度か見かけたことのある初老の女性だった。いつもティータイムの時間に同世代の女性四人組で訪れるハーブティー好きの客だ。

店内の閑散とした雰囲気に、彼女はたちまち不安の色を浮かべた。

「あの、今、営業していますか？」

「はい。ティータイム営業中です。どうぞ」

彼女はホッとした表情を浮かべたものの、他に客がいなくては何となく居心地が悪いだろう。みのりはいたたまれない気持ちになった。

「こんな雨の中、どうもありがとうございます。今日はお一人なんですね」

みのりはハーブティーのページを開いて、メニューを差し出した。

彼女は仲間うちで「アサイさん」と呼ばれていたはずだ。

みのりの母親よりも少し若いだろうか。いつもは身ぎれいで溌溂《はつらつ》としているのに、今日はやけに疲れた表情をしているのが気になった。

アサイさんはお冷をごくごくと飲むと、はぁっと大きく息をついた。

「そう、今日は一人なの。避難してきたのよ」

「避難？」

不穏な言葉に思わずみのりの声が裏返る。

アサイさんは取り繕うように笑みを浮かべた。

「嫌ね、大袈裟《おおげさ》なことじゃないのよ。ちょっと気分転換。この雨じゃ遠くにも行けないしね。それに、すぐに戻らなきゃならないの」

どうやら彼女の住まいはこの近くらしい。

「何かリラックスできるお茶を用意しましょうか」

ゆたかが出て来てやわらかく微笑《ほほえ》んだ。

静まり返った店内では、会話もすべて厨房まで筒抜けなのだ。

「ええ、お願い。それから甘いものが欲しいわ」

「かしこまりました」

ゆたかも彼女がいつもハーブティーを注文することを覚えていたらしく、レモンバームとカモミールをブレンドしたお茶を運んできた。

「ああ、いい香り」

アサイさんはうっとりと目を閉じた。

「レモンバームもカモミールも、どちらもリラックス効果のあるハーブです。温かい飲み物を飲むと、それだけでほっと気持ちが和らぎますよね」

「そうね。いつもはローズヒップだったけど、これも好きだわ」

「お菓子を用意してきますので、ゆっくりお茶を召し上がっていてください」

ゆたかがにっこり笑って、厨房に戻っていく。

椅子に深く座ったアサイさんは、ハーブティーを口に含んでは天井を見上げて、ほうと息を漏らす。

「だいぶお疲れのようですね」

みのりが声をかけると、アサイさんは慌てて表情を引き締めた。

「ごめんなさい。ハーブティーですっかり気が緩んじゃったみたい」

「リラックスできてよかったです」

「一人の時間がこんなにありがたいものとはねぇ。……ねぇ、あなた、お子さんはいらっしゃる？」

思いがけない質問に、みのりの頬が引きつった。

「ああ、ごめんなさい。不躾《ぶしつけ》な質問だったわね」

「いえ、そんな。私、独身なんです」

「あらっ。ごめんなさい。私ったら最近どうかしているのよ」

「いえいえ、こちらこそ。まぁ、確かに子供がいてもおかしくない年齢ですけど……」

何となく気まずい雰囲気になり、お互いにペコペコと頭を下げ合ってしまう。

今や婚姻年齢も出産年齢も幅広く、しかも生涯未婚率も上がっていて、生き方自体が多様化している。とはいえ、みのりの母親世代のこの女性なら、悪気もなく自然と口をついた疑問なのだろう。もっとも母親のさかえは、娘たちに対して「我が家は男運のない家系だから諦《あきら》めなさい」などとピシリと言ってのけるほど腹が据わっているのだが。

そこへ、ふわりとチョコレートの香りが漂ってきた。

すっかり重くなった空気を一瞬のうちに霧散させる甘い香り。

みのりは救われる思いで、お菓子を運んできた姉を振り返った。

「お待たせいたしました。疲れた時は甘いものが一番です」

言わずもがな、ゆたかが運んできたのは、チョコバナナのロティだった。

散らされたココナッツフレーク、スライスバナナと飾りのミント、完璧《かんぺき》な出来栄《できば》えである。

こうしてみると、さっき試作したばかりの品とは思えない。

「あら、美味しそう。クレープかしら」

アサイさんの顔がぱっと明るくなった。『スパイス・ボックス』に集まる女性客は、年齢を問わずたいていが甘い物好きだ。そして美味しそうなデザートを見つめる瞳《ひとみ》は、老いも若きも関係なくキラキラと輝く。

「クレープにも似ていますが、チョコバナナのロティです」

「ロティって?」

「平たく焼いたパンのようなもので、当店ではインドカレーと一緒にお出ししています。具材を載せたり、中に詰め物をしたり、様々なアレンジメニューをご用意しているんです。このロティの中には、ココナッツオイルでソテーしたバナナを入れました」

「あら、本当にクレープよりも厚みがあるわ。私、お茶の時間しか来たことがないのよ。そんなメニューもあったのねぇ」

「どうぞ、冷めないうちにお召し上がりください」

「いただくわ。ちょうどこういうボリュームのあるお菓子が食べたかったの」

アサイさんはチョコソースをすくって口に入れた。

「うう〜、生き返るわ」

美味しそうに食べる客を見ると、みのりもゆたかもつい微笑んでしまう。

「うふふ、チョコって香りだけでも幸せな気持ちになりますよね。ポリフェノールとテオブロミンで、健康の増進やリラックスの効果があるんです。疲れた時に無性にチョコが食べたくなるのも納得なんです」

「なるほどねぇ」

「カカオの原産地は中南米ですが、大昔は神様への捧げものや通貨として使われるほど重要なものだったそうです。ヨーロッパに伝わってからも薬のように扱われ、貴重な飲み物として広がっていったそうですよ」

「へぇ、そうなの」

相槌《あいづち》を打ちながらも、アサイさんはすっかりロティに心を奪われている。

飾りのバナナごとロティを切り分け、たっぷりとチョコソースを絡めて口に入れる。目を細めてほくほくと咀嚼《そしゃく》する姿は、二、三歳若返ったかのようだ。

「ああ、本当に美味しい！　久しぶりだわ、こんなデザート。だってね、家でチョコのひとつでもつまもうものなら、孫たちが『大人なのにおやつを食べている』ってうるさいのよ。もう、本当に嫌になっちゃう」

彼女は独り言のようにぼやきながら、勢いよくロティを口に詰め込んでいく。

驚くほどのスピードで食べ終えた彼女は、「あっ、もう帰らなきゃ」と、カップに残っていたハーブティーを飲み干して、勢いよく立ち上がった。

普段なら二時間は滞在しているというのに、今日は来店からたったの三十分である。

「ご馳走様《ちそうさま》。ありがとう、元気が出たわ。今度またゆっくり寄らせてもらうわね」

慌ただしく会計を終えたアサイさんは傘を広げて、雨の降りしきる路地の奥へと足早に去って行った。

みのりがアサイさんの会計をしている間に、ゆたかがテーブルを片付けてくれていた。

下げた食器を洗うゆたかの横で、みのりは洗い上がった皿を拭《ふ》き始める。

「アサイさん、やけに慌ただしかったね。もっとじっくり新作のデザートを味わってほしかったなぁ」

「美味しいって喜んでくれていたじゃない。それでいいのよ」

「夢中だったもんね。それにしてもなんであんなに急いでいたんだろう。いつもはゆっくりしていくのに」

「そうねぇ。来店した時間も遅かったしね。そろそろ夕ご飯の支度を始めなきゃいけないのかもしれないわね」

そこでみのりはふと思い出した。

「参ったなぁ」

「どうしたの？」

「さっき、子供はいるかって訊《き》かれちゃった」

「私たち、いてもおかしくない年だものねぇ」

ゆたかは困ったように笑い、それから黙り込んだ。

そのままお互いに黙々と手を動かし続けた。

しばらくして、突然ゆたかがパンと両手を打ち鳴らした。

「分かったわ。さっきのお客さん、育児疲れじゃないかしら」

「育児疲れ？」

ゆたかは時々、突拍子もないことを言い出す。

「いや、確かに元気がなかったけど、育児疲れは違うでしょ。私たちのお母さんとほぼ同世代だよ？」

「孫よ。さっき言っていたじゃない。チョコをつまむと孫が、って。きっと小さい子の遊び相手でもして、疲れちゃったのよ」

確信をもってゆたかが頷《うなず》いた。

アサイさんが疲れ切っていたのは確かだ。いつもは身ぎれいにしているのに、今日は髪も乱れ、ほとんど化粧もしていないようだった。

みのりはしまったと額に手を当てる。

「だから私にあんなことを訊いたんだ。きっと共感してほしかったんだよ。小さい子供がいると大変ですよねって」

すっかり動揺して、彼女の求める反応を返せなかったことにみのりは肩を落とす。

ゆたかは励ますようにみのりの肩を叩いた。

「これはチャンスかもしれないわよ」

「えっ」

「さっき話したばかりじゃない。どうやってファミリー層を取り込もうかって」

そうだった。まずは、アサイさんのようなお客さんに気に入ってもらうことこそ、何よりの近道だ。そして、家族を連れて来てもらえばいいのだ。

2

浅井三千恵《あさいみちえ》は、帰宅するとハンドソープで丁寧に手を洗い、念入りに歯を磨いた。ついでに鏡で顔をチェックする。口の端も問題ない。

わずかにでもチョコレートのにおいや痕跡《こんせき》が残っていれば、まとわりついてくる孫たちに「ばぁば、チョコ食べたでしょ」とすぐに気づかれてしまう。

子供は無邪気だ。その無邪気さは、言い換えれば無遠慮でもある。思わず血の気が引くようなことを、所かまわず大声で口に出す。今は自宅だからいいが、外出先でこれをやられて、何度恥ずかしい思いをしたか分からない。

三千恵は小さくため息をつくと、リビングに向かった。

ソファでは娘の結《ゆい》が、お腹の上に三歳の海《うみ》を乗せたまま口を開けて眠っていた。ソファの下のラグでは、海の双子の兄、空《そら》がやっぱり口を開けて大の字になっている。

親子だなぁ。

ラグに座り込んだ三千恵はくすりと笑い、しばらく三人の寝顔を見つめた。

一人娘の結は三十二歳。しかし、あまりにも無防備な寝顔を見れば、子供の頃と少しも変わらない。

いつまでも娘たちの寝顔を見ていたかったが、そういうわけにもいかなかった。ラグに転がった空の、ずり上がったトレーナーを直してやると、柔らかな頰をチョンとつついて立ち上がる。

空も海もお腹が弱い。ちょっとでも冷えればすぐにお腹を壊してしまう。

そういえば結も小学生の頃まで同じだった。体育の授業が水泳なら、後になって必ず腹痛を起こし、何度担任に呼び出されて迎えに行ったことか。

子供は手がかかる。でも、やっぱり可愛い。何よりも必要とされる自分を実感できる。

三千恵はいつの間にか忘れていた充実感を、孫が出来てからは度々思い出していた。

しかし。

カチャリとリビングの扉が開き、はっと身を竦《すく》ませる。

ああ、来てしまった。もう少し、おとなしく遊んでくれていればいいのに。

細く開いたドアの隙間《すきま》からこちらを窺《うかが》っていたのは、海と空の姉、今年五歳になる朱莉《あかり》だ。帰宅してこっそり客間を覗《のぞ》いた時はおとなしくお絵《え》描《か》きをしていたのに、もう飽きてしまったらしい。

三千恵を見つけた朱莉は、満面の笑みでトトトとフローリングの床を駆けてくる。一人遊びに飽きて、遊んでもらいたいのだ。

最近のお気に入りは、三千恵がプレゼントした鳥類図鑑だ。隣に座らせ、何度も何度も写真を指さして鳥の名前を読み上げる。

最初は賢い子だと感心して付き合っていたが、繰り返し聞かされるうちに、すっかり飽きてしまった。しかも、うっかりうたた寝でもしようものなら「おばあちゃん、寝ちゃダメ」と厳しく叱咤《しった》される。「ハイハイ」と必死に目を開き、延々と続く、もう何周目かも分からない図鑑の音読に付き合わされるのだ。

朱莉は女の子だからまだいい。しかし、すでにやんちゃな男の子、海と空がもう少し大きくなったら、いったいどんな遊びに付き合わされるのだろうか。三千恵は今から気が遠くなるような思いがする。

チラリとソファの結を見た。

無意識に片手でお腹の上の海の背をさすっているが、目を覚ます気配はない。

いつの間にかラグの上の空はうつぶせになっている。ぷっくりとしたお尻が可愛くて、知らず口元が緩んでしまった。

「朱莉ちゃん、お絵描きはもうおしまいなの？」

「おえかきちょう、なくなっちゃった」

しまった。一週間前にスーパーで買ったお絵描き帳を、もうすべて使い切ってしまったというのか。ということは、クレヨンもだいぶ短くなっているに違いない。

今日はもう買いに行く時間がない。

ああ、外出する前に気づいていればと、三千恵は心の中で歯噛《はが》みした。

絵を描かせておけば朱莉はおとなしい。このままではまた鳥類図鑑に付き合わされてしまう。何か子供向けのテレビ番組でもなかっただろうか。

「おばあちゃん、なにしてあそぶ?」

朱莉はぐいぐいと三千恵の手を引っ張った。

「ごめんねぇ、これから夕ご飯の支度をするの。ママ、お昼寝中でしょ?　おばあちゃんが作らなきゃいけないから、朱莉ちゃんもママのところでお昼寝したら?」

「あかり、ねむくないもん。ママもそらもうみも、ねてばっかりでつまんない」

「ダメよ。もうすぐおじいちゃんも帰ってくるわ。おばあちゃん、ご飯を作らないといけないの。ああ、そうだ、ご飯が終わったら、朱莉ちゃんのお絵描き帳、見せてちょうだい。今日はどんなお絵描きをしたの?」

「え〜、いいよ。えっとね、ムネアカカンムリバトと、タンチョウヅルと、アカゲラと、リュウキュウコノハズクをかいたの。リュウキュウコノハズク、シュッとしていてカッコいいんだよ!」

朱莉は頬を紅潮させて、必死に説明を始める。

鳥類図鑑のお気に入りの鳥を描いたということは分かったが、三千恵にはタンチョウヅルしか理解できず、「そう、すごいわねぇ」と笑ってごまかした。

機嫌をよくした朱莉は、再びトトトと走ってリビングを出る。祖母に見せるために、お絵描き帳を見直しに行ったのだろう。

何度目かのため息をつき、三千恵はようやくダイニングの椅子に掛けてあったエプロンを取って、背中で紐《ひも》を結んだ。

結が三人の子供を連れて帰ってきたのは一週間前だ。

珍しいことではないので、またか、としか思わなかったが、表情には出さずに「仕方ないわねぇ」とにっこり微笑んだ。

結が川崎《かわさき》のマンションからたびたび戻って来るようになったのは、双子が生まれた頃からだ。実家は夫婦ゲンカの格好の避難場所にされていて、その期間はおよそ一週間。

三年ほど前、初めて結が「ママ、しばらく置いて」と泣きながら帰ってきた時は何事が起きたのかとたいそう驚いた。

結は車の運転が出来ず、移動は公共交通機関を頼らねばならない。

ベビーカーに注がれる乗客の冷ややかな視線に怯《おび》えるような娘が、たった一人で双子用ベビーカーを押して帰ってくるなんて、よほどのことがあったに違いないと思ったのだ。

結は可愛い一人娘だ。自分も夫も甘やかして育てた自覚がある。

そのためか気が弱い割に頑固で、自分の思い通りにならないとすぐにへそを曲げてしまう。大方、夫婦ゲンカの原因もたいてい結にあるのは間違いない。

結は本当におとなしい子だった。

友達も同じようなタイプばかりだったから、妙な道に走る心配もない。

ただ唯一心配だったのは、小中高、大学と順調に進み、就職して数年経っても、浮いた話のひとつも聞かないことだった。夫も同じだったようで、ならばいっそこのまま家にいてくれればいいなんて笑っていたほどである。それほど溺愛《できあい》する娘だった。

だから、突然結婚すると言い出した時は大いに驚いた。

相手は小学校の同級生だった。

区立小学校だったからつまりはご近所さんで、名前を聞いて三千恵はすぐに思い出した。昔、相手の親と一緒にＰＴＡの役員をしたこともある。

いかにも結らしいと思った。どういう経緯で付き合い始めたかは知らないが、小学校からお互いを知っていれば、相手の実家も家族構成も、親の職業さえ分かっている。これほど安心な結婚相手が他にいるだろうか。

それは先方にとっても同じだったようで、とんとん拍子に話は進み、結はシステムエンジニアの彼とめでたく結婚した。すぐに子供を授かり、夫の会社に近い川崎のマンションで暮らしている。

しかし、気心が知れ過ぎているというのもいささか問題なようだ。遠慮なく言いたいことを言うからすぐにケンカになる。その度に当てつけのように結は子供を連れて実家へ帰ってくるのだ。

夫婦仲はさほど心配していないが、こうも帰省が続くと、いささか三千恵もうんざりしてくる。それは娘や孫の可愛さとはまた別物なのだ。

三千恵はシンクの縁に両手をついて、再びふうとため息をついた。

研いだ米を炊飯器に入れてボタンを押す。浸水時間が短いが仕方がない。

今日は米を四合研いだ。夫婦二人なら二合でもかなり余るが、今日はどうだろう。

結はその日の気分で食欲にムラがあるし、子供たちの分はもっと分からない。おかわりすることもあれば、何が気に食わないのか少ししか食べないこともある。

三人の孫と接していると、つくづく結は手のかからない子だったなぁと思う。

食事は出されたものを文句も言わずにきれいに食べ、騒ぐこともなかった。一人っ子だから、特に自分を主張する必要がなかったのかもしれない。

味噌汁《みそしる》の具材は決まった。夫には冷凍してあった干物を焼けばいいだろう。茶飲み友達が小田原《おだわら》に行った土産《みやげ》に届けてくれたものだ。あとは昨日《きのう》の残りの煮物と冷奴《ひややっこ》、来月の健康診断を気にしているからこれで十分だ。

でも、子供たちのおかずは？

悩みながら冷凍庫をあさるから、なかなか調理がはかどらない。結が手伝ってくれればと思うのだが、実家ではすっかり三千恵に甘えっぱなしだ。

思えば三度の食事におやつと、結が帰って来てからは一日の大半をおさんどんに費やしている。

結は少し甘え過ぎではないだろうか。そう思うものの、小言でも言ってケンカになるのも嫌だ。ここは結が生まれ育った家。何かあった時に安心して戻れる場所でいてあげたい。やっぱり結には甘いなぁと三千恵は苦笑する。

冷凍庫をかき回す手が、先月作っておいたミートソースを探り当てた。

ああ、これだ。これとジャガイモでグラタンにしよう。結も子供の頃、大好物だったから喜ぶはずだ。

メニューが決まれば、あとは体が勝手に動いてくれる。

ふと顔を上げれば、出窓の外ではひっきりなしに軒先から雨が滴り落ちていた。

もう何日雨が続いていることか。

雨降りでは孫たちも外に遊びにいけない。子供といえどストレスがたまり、家の中をバタバタと走り回る。狭い家にはいつもむっと子供たちの気配が籠《こ》もっていて、息苦しくてたまらない。晴れたら窓を全開にして、清々《すがすが》しい空気と入れ替えることができるのに。

それにしても。

三千恵はピーラーでジャガイモの皮を剝《む》きながら思い出していた。

さっき食べたチョコバナナのロティは美味しかった。

クレープよりも生地がしっかりしていて、三千恵の好みに合った。おやつというよりも食事に匹敵する食べ応《ごた》えがあった。

『スパイス・ボックス』は、茶飲み友達に誘われて通い始めた店だった。

以前は古民家カフェだったが、店をやっていた白石《しらいし》さんが亡くなって変わったのだ。古民家など三千恵にとって特に珍しいものではなく、カフェの時は行ってみたいとも思わなかった。

『スパイス・ボックス』がオープンすると、さっそく足を運んだ仲間の一人が、ハーブティーが充実しているとみんなを誘ったのだ。

試しに行ってみると雰囲気もよく、お茶を頼めばハーブを使ったサブレがサービスで付いてくる。長居しても気を遣う必要もなく、すっかり気に入ってしまった。

何よりも結とさほど年齢の変わらない姉妹が店を切り盛りしていることに親近感を覚えた。つい応援したくなってしまう。

あの店に子供が食べられるメニューはあるのだろうか。

夫は食に関しては保守的で、スパイス料理など嫌がるに決まっているから、誘ったこともなかった。だからどんな食事メニューがあるかさっぱり分からないのだ。

ここ数日、三千恵は何とかして、食事の手間から逃れられないかと考えていた。

贅沢《ぜいたく》は言わない。一度でいいのだ。人数が増えれば、作るのも片付けるのも骨が折れる。

普段は夫と二人の慎ましい食卓なのだからなおさらだ。

近所にファミレスでもあればいいのだが、この雨の中小さい子供を連れて出かけるのも
億劫《おっくう》である。家の周りは洒落《しゃれ》た店ばかりで、とても子供を連れていける雰囲気ではない。

そうだわ、『スパイス・ボックス』には座敷があるじゃない！

天啓を得たように、三千恵は目の前が明るくなった。

雰囲気もいいし、スタッフも優しそうだし、家からの距離もちょうどいい。

問題はやはり、あの店がスパイス料理店だということだ。

果たして小さい子供が食べられるメニューはあるのか。

いや、昼間食べたロティには色々なバリエーションがあると言っていた。あれなら、海
や空も喜んで食べるに違いない。

そうだ、明日の買い物のついでにまた寄ってみよう。

三千恵は期待を膨らませ、味噌汁の鍋《なべ》に、ぽんとお気に入りの出汁《だし》パックを放《ほう》り込んだ。

翌日も朝から厚い雨雲が東京の空を覆っていた。

じっとりとした暑さと湿度で、肌がべたつくような不快感が纏《まと》わりついている。子供たちも同じなのか、双子はどちらも機嫌が悪い。

頼みの綱の結もソファの上でへばっていて、「蒸し暑い」と冷房をガンガンに効かせるから、三千恵は寒くてたまらなくなる。リビングからキッチンに逃れ、そっと様子を窺った。

不快なのは誰もが同じで、こんな天気が続けば体の調子もおかしくなる。我が娘ながら何とだらしのないことだろう。

そのうちに双子が結の隣でウトウトし始めた。三千恵は今こそチャンスと拳《こぶし》を握った。

三千恵はエプロンを外すと、キッチンのフックにかけてあるトートバッグを掴《つか》んだ。中には財布が入れっぱなしで、近所の買い物にいつも持っていくものだ。

「ちょっと買い物に行ってくるわ。何か欲しい物ある？」

ソファの上から結がチラリと視線を向けた。けっして「買い物なら私が行くわよ」などと言わないのは分かっている。今はそれがありがたい。

「アイス。ハーゲンダッツがいい」

「はいはい」

ここぞとばかりにお高いアイスを要求してくる娘に苦笑しながら、ならば子供たちの分も買わないわけにいかないと、頭の中で個数を数える。

視線を感じて横を見ると、リビングの入口に朱莉が立っていた。

「朱莉ちゃん。おばあちゃん、お買い物に行ってくるわね。新しいお絵描き帳も買ってきてあげる」

「あかりもいく」

「えっ」

予想もしない言葉に戸惑った。

「あかりもおかいもの、いく」

すかさずソファの上の結が朱莉に加勢した。

「ママ、朱莉も連れて行ってあげてよ。朱莉はねぇ、大きなスーパーよりも商店街の小さなお店が好きみたいなの。ほら、前も連れて行ってくれたじゃない。楽しかったみたいなのよね」

そうだった。以前結が帰ってきた時、朱莉と神楽坂の商店街に買い物に行った。

豆腐屋で豆腐を買い、お惣菜《そうざい》屋でコロッケとメンチカツを買い、「おじいちゃんのは？」と訊かれて、アジフライを追加した。青果店に毛が生えたようなスーパーにも寄って、キャベツにトマト、牛乳を買い、花屋の軒先で朱莉が「かわいい」と目を輝かせたパンジーも買った。帰ってから二人で庭に植えたパンジーは、今年も春に花を咲かせた。

顔なじみの店主たちは「おや、お孫さん」「可愛いね」と声を掛けてくれ、三千恵は誇らしかったし、朱莉もまんざらでもない顔をしていた。

孫娘と手を繋《つな》いで歩く住み慣れた町は、何十年も前の結と自分を追体験しているようで心まで若々しくなる気がした。でも繋いだ小さな手は孫のもので、自分から確かに受け継がれた命に、何やら目の奥がジンと熱くなったことまで思い出した。

「……そうね。雨だけど、朱莉ちゃんは大丈夫？」

「うん。あめ、だいすき」

結がここに来た日も雨だったから、朱莉は赤い長靴を履いて、レインコートを着ていた。服装に問題はない。

「じゃあ、行こうか」

今日は『スパイス・ボックス』はお預けか。

三千恵はため息を飲み込み、にっこりと孫娘に微笑んだ。

雨に煙《けぶ》る住宅街には一人の人影もない。

平日の午後。会社員や学生はまだ帰宅するには早い時間だ。この辺りはどの道も狭くて入り組んでいる。幸い車の通りはほとんどなく、朱莉と手を繋いだ三千恵は安堵《あんど》の息をついた。孫というのは自分の子供よりもよほど気を遣う。

「あ」

朱莉が足を止めた。

「カレーのにおいがする」

「そう？」

三千恵も立ち止まり、湿っぽい空気を吸い込んだ。霧雨も一緒に入ってきて鼻の奥がツンとする。カレーではなく、生臭さが混じった梅雨時のにおいが鼻腔《びこう》を満たす。

子供の嗅覚《きゅうかく》は自分よりもずっと敏感なのかもしれない。そう、この路地の先には、『スパイス・ボックス』があるのだ。

「おばあちゃん、あそこ、おみせ？」

小さな指が示す先は、まさに『スパイス・ボックス』が入る古民家だった。

朱莉は三千恵の手を引いてずんずん歩いていく。ランチタイムの名残《なごり》で香りが外へ漂っていたのだろう。近づくにつれて三千恵もスパイスの香りを感じ、空腹でもないのにカレーが食べたくなってしまった。

「朱莉ちゃん、よくカレーだって分かったわね。カレー好き？」

「だいすき」

「ここ、入ってみたい？」

「うん」

「ママと空くん、海くんに内緒にできる？」

「できる！」

「じゃあ、ちょっと寄り道しちゃおうか。ここね、実はおばあちゃんの大好きなお店なの」

さすがに昼食を食べたばかりでカレーは無理だが、飲み物くらいならいいだろう。

三千恵がガラガラと引き戸を開くと、むっと濃密なスパイスの香りが溢れてきた。

「いらっしゃいませ」

満面の笑みを浮かべた店員が、元気いっぱいの声で迎えてくれる。

「あっ、今日は小さなお客様もご一緒なんですね」

「孫の朱莉よ。買い物の途中なのだけど、カレーのにおいに吸い寄せられちゃったわ」

「今日のランチはカレーの注文ばっかりだったんです。朱莉ちゃん、はじめまして」

いつもの店員が腰をかがめて朱莉にも挨拶《あいさつ》をしてくれた。

三千恵は手近なテーブルに座ると、ラッシーとローズヒップティーを注文した。

朱莉はヨーグルトが大好きなのだ。

今日も他の客はおらず、朱莉は初めて入った古民家に興味津々である。

エプロン姿の店員が、「ご案内しましょうか」と朱莉の手を引いて座敷や本棚のほうへ連れて行ってくれた。嬉しそうな孫の笑顔に三千恵の頬も緩む。

飲み物を運んできたシェフまで朱莉を振り返って目を細めた。

「お孫さん、可愛いですね」

「ありがとうね、先週から来ているのよ。あの子の下に双子の男の子もいるの。毎日騒々しくて大変よ」

「まぁ、双子ちゃんまで。それでこの前もお疲れのご様子だったんですね」

シェフの優しげな雰囲気に安心して、つい三千恵は声をひそめて本音を漏らしてしまう。

娘が子供の世話も家事もすべて三千恵にまかせっきりであること。

孫の遊び相手をするのが大変だということ。

娘も育児で疲れきっていて心配だということ。

そしてその娘は今もクーラーをガンガンに効かせた部屋で昼寝をしているということ。

話し出したらキリがない。シェフは微笑みを浮かべて熱心に聞いてくれている。

「きっとママもお疲れなんですよ。実家だと安心できますからね。でも、おばあちゃんのほうは大変ですよね」

「そうなのよ。ねぇ、いつもここに一緒に来るマミヤさん、あの方、沖縄《おきなわ》から孫が来るたびに、五時間も煮込んだシチューを作るんですって。たまにだからできるのよね。私の娘なんて近くだもの。こうしょっちゅう会っていると、いつ川崎に帰ってくれるのかしらなんて思っちゃう。あっ、もちろん孫は可愛いわよ。家も賑やかになるし、楽しいわ。だけどねぇ……」

シェフが頷く。

「分かります、でも、可愛いだけじゃないですからね。迎え入れるほうは色々と大変でしょう。特にご飯の準備は普段とメニューが違うでしょうし」

「そうなのよ」

そこで三千恵はさらに声をひそめた。

「ちょっと相談があるの。このお店、子供が食べられるようなメニューもあるのかしら。スパイス料理って辛いお料理ばっかりなの？」

「ご安心ください。お子さんが食べられそうなお料理も色々とありますよ」

「本当？」

三千恵は目を輝かせる。

「はい。スパイスは辛いと思われがちですが、色々な種類があります。辛いのは一部だけで、ほとんどはお料理の臭みを消したり、風味を与えたりするものなんです。そうですね、お子様向けのお料理ならカレーがいいかもしれません」

「でも、カレーはやっぱり辛いんじゃない？　大丈夫かしら」

三千恵は本棚の前で料理雑誌を覗き込む孫娘に視線を向けた。

「下の双子ちゃんはおいくつですか」

「三歳よ。甘口のカレーなら食べるけれど……」

シェフはにっこり笑った。

「それなら大丈夫だと思います。おすすめはインドのマイルドカレーです。生クリームやココナッツミルクをたっぷり加えれば、甘口カレーが食べられるお子さんならきっと美味しく召し上がれます。たとえばサグチキン。ペースト状にしたホウレンソウの緑色をしたカレーなんですが、当店では生クリームを加えてとてもマイルドに仕上げています。野菜のペーストは離乳食でもありますよね。他には、海老《えび》とココナッツミルクのカレーも辛さはほとんどありません」

「あら、美味しそう」

三千恵は先日のロティを思い出した。ココナッツオイルでソテーしたというバナナは、とろけるように美味しかった。

「……でも、ご迷惑にならない？　今みたいに空いている時間ならともかく、食事となると、お店が忙しい時間でしょう？」

そこが肝心だ。中には子供を歓迎しない店もある。

「小さなお子さんも大歓迎です。お座敷なら他のお客さんを気にすることなく、ゆっくり過ごしていただけると思います」

シェフの笑顔に三千恵は救われる思いがした。

参考にと、手渡されたメニューを見ても知らないものばかりだったが、デザートはどれも美味しそうだった。三千恵に似て、結も昔から甘いものに目がないのだ。

本棚の前から朱莉が満面の笑みで走ってきた。

「おばあちゃん、おりょうりのしゃしん、いっぱいみた！」

図鑑好きの朱莉は、写真が豊富な料理雑誌をすっかり気に入ったようだ。

「朱莉ちゃん、今度みんなで、ここでご飯を食べましょうか」

「ホント？　やったぁ」

朱莉は飛び上がって喜んだ。

三千恵は嬉しくなった。孫たちとここで食事をするのだと思うと、年甲斐《としがい》もなくワクワクしてしまう。家事から解放されることを考えていたのに、今はここでの食事がひとつのイベントとして楽しみになっていた。

そうだ、せっかく孫たちが来てくれたんだから、家に籠もっているだけでなく、楽しい経験のひとつくらいさせてあげたい。きっと自分にとってもいい思い出になるだろう。

3

午前九時半、みのりは玄関の引き戸を開け放って、床にモップをかけていた。

今日も湿気がひどい。しっかりモップを絞っておかないと、開店までに床が乾いてくれそうもない。いつもより力いっぱいモップを絞ったため、蒸し暑さも手伝ってすっかり汗だくである。後でシャツを着替えようと、みのりは手のひらで首筋に風を送った。

その時、電話が鳴った。開店前のこの時間なら業者だろうか。

みのりはモップを置いて、電話の置かれたレジ台に向かった。子機は厨房にあるのだが、ハイパワーでダクトを稼働させて大量のタマネギを炒めるゆたかに着信音は届かない。

「お待たせいたしました、『スパイス・ボックス』でございます」

電話の相手はアサイと名乗った。つい先日、孫の朱莉ちゃんと訪れたティータイムの常連さんだ。

「はい。今晩十八時ですね。お待ちしております。お足元が悪いですから、お気をつけてお越しください」

電話を切ると、みのりは「来たぁ～」と叫んで、両手を天井に突き上げた。

「予約？」

「今日の十八時にお座敷で五名様。といっても、三人はちびっ子だけどね。孫たちのママも一緒」

「この前のお客さんね。お料理はどうするのかしら」

「子供が好きそうなメニューを何品か用意してほしいって。足りないようなら途中で追加するって言っていたよ」

「それって、お任せってことじゃない。うふふ、何を作ろうかなぁ」

ゆたかは楽しそうだ。

「この前説明していたサグチキンと海老のカレー、その二品は絶対に入れてほしいな」

「もちろん。チキンにシーフードときたら、あとは野菜かな」

「野菜嫌いな子供も多いからねぇ。あ、でも、アレルギーや食べられないものはないって言っていたから大丈夫かな」

「そこは工夫するわよ。でもね、みのり。子供が喜ぶだけじゃダメよ。あのお客さん、家事でヘトヘトみたいじゃない？　どうせなら、おばあちゃんとママにも元気になってもらえるメニューじゃなきゃ」

「それもそうね。でもさ、最近、子供向けのメニューって何だろうってずっと考えているんだけど、よく分からないんだよね。親戚《しんせき》に子供もいないし。私たち、いつから大人と同じものを食べるようになったんだろう」

「どうだったかしら。でもね、みのり。スパイス料理は大人向けなんてみんな思い込んでいるけど、世界中に子供がいるわけでしょう？　大人たちは子供が食べられるものをちゃんと食べさせているのよ。それこそ空気までスパイシーな香りの国の人たちでもね」

ゆたかの言葉にみのりはハッとした。

そうなれば、あとはゆたかが何を用意するのか楽しみでたまらないのだった。

午後六時。時間ぴったりに引き戸が開いた。

待ち構えていたみのりは、「いらっしゃいませ」と明るく出迎えた。

ディナータイムは一時間前から始まっているが、残念ながら他に客の姿はない。おかげでアサイさんの料理を余裕を持って準備することができた。

さっそくみのりの横をすり抜けて、双子の男の子が歓声を上げて店内に駆け込んだ。テーブル席の周りを一周すると、案内するまでもなく長靴を放り出して座敷に上がり込む。

「こらぁ、海！　空！」

アサイさんの娘が叱《しか》ると、そっくり同じふたつの顔が、そろって口を尖《とが》らせた。

「だってぇ」

「だってぇ」

みのりもゆたかも吹き出した。アサイさんはすまなそうに眉を下げる。

「騒々しくてすみません」

「お気になさらず。この雨で他にお客さんもいませんから」

目を吊《つ》り上げる娘と、恐縮する彼女をみのりは座敷に案内した。朱莉ちゃんはおとなしく後ろからついてくる。

男の子たちは象の刺繍《ししゅう》がされたクッションの上で飛び跳ね、遅れて座敷に上がった朱莉ちゃんは、お姫様の部屋のように座敷に張り巡らされた布に目を輝かせていた。

「お子様たちはカレーがお好きだと伺っておりましたので、カレーを中心にメニューをご用意しています。他にご希望のお料理がございましたら、なんなりとおっしゃって下さい」

ゆたかがにっこりと笑い、メニューブックをアサイさんに手渡した。

準備のためにゆたかが厨房に向かうと、みのりは飲み物をどうするか訊《たず》ねた。

双子の男の子たちは初めての古民家にはしゃぎっぱなしである。

アサイさんと娘はテーブルに広げたドリンクメニューを覗き込んだ。

子供たちにラッシーを注文すると、娘は母親の顔を窺った。

「ママ、どうする？　私たちも飲んじゃう？」

「あなたは好きにしなさい。今はなかなか外で飲むことなんてできないんでしょう？　いいわよ。ビールでもワインでも」

「ママも一緒に飲もうよ。たまには二人で飲みたいわ」

母と娘の会話にみのりは目を細めた。

みのりの母親は下戸《げこ》だ。もしも母娘《ははこ》で飲めたらどんなに楽しいだろう、などと思ったのは、目の前の二人がほとんど自分たち母娘と同じ年頃だからだ。

「サングリアはいかがでしょう。赤ワインに果物を漬け込んだお酒です。アルコールも軽くなっていますし、フルーツの甘みが爽《さわ》やかで、当店のお料理にもよく合いますよ」

「じゃあ、サングリアをふたつ！」

母親の返事を待たずに娘が嬉しそうに注文した。

どうやらはしゃいでいるのは子供だけではなく、この若い母親も一緒のようだ。

みのりは厨房に戻り、ドリンクの準備を始めた。

座敷からは賑やかな声が聞こえている。

この元気な子供たちの相手をするのは確かに大変だったに違いない。

それはアサイさんだけではなく、普段は一人で面倒を見ている娘さんも同じだ。

だからこそ夫婦ゲンカも起こるし、時には助けを求めて実家に帰ってきてしまうのだ。

みのりは何やら不思議な感覚に捕らわれた。

自分とさほど年の変わらない女性が、三人の子供を育てているのだ。

ゆたかはと見ると、料理の仕上げに没頭していた。

私たちは私たちだと、みのりは手元の作業に集中する。

子供たちのラッシーには、ちょっぴりマンゴージュースを加えることにした。

グラスの底にマンゴージュースを注いでからラッシーを足すと、オレンジと白の二層になる。グラスといっても普段とは違い、ハーブティーで使っている取っ手のついた透明なマグにした。念のためストローも一緒に持っていく。

二色のラッシーに子供たちは歓声を上げてくれ、みのりは嬉しくなった。

「そのままでもストローで混ぜてからでも、お好みでどうぞ」

大人たちはオレンジやキウイが沈んだ鮮やかなサングリアで乾杯し、「ああ、美味しい」と感嘆の声を漏らした。

毎日、お疲れ様です。

みのりは心の中でそっと呟《つぶや》いた。

すぐにゆたかが料理を運んできた。大皿に盛られたフライドポテトとオニオンリング、三色のディップが添えられた野菜スティックである。

雨続きだが、初夏ともなれば八百屋が届けてくれる野菜も充実している。それをふんだんに利用したようで、皿の上はずいぶん賑やかだった。ミニトマト、キュウリにニンジン、パプリカ、ズッキーニ、茹《ゆ》でたカボチャやブロッコリー。ディップはパセリ入りのクリームチーズ、カレー風味のトマトソース、ヨーグルトと味噌のマイルドな三種類で、どれも子供が好きそうな味にアレンジしている。もちろんディップは揚げ物につけても美味しく食べられる。

「ポテトにはお好みでローズマリーのハーブソルトもお使いください。すぐにカレーも用意しますね」

ゆたかが考えたメニューは、前菜、カレーとロティ、デザートと、いたってシンプルなものだった。子供が中心なら量はそう必要ない。楽しんで食べられるメニューが一番である。

手伝うように促され、みのりもカレーを運んだ。

「赤はバターチキン、黄色は海老とココナッツ、緑はホウレンソウのサグチキン。どれももともとマイルドなカレーです。今日はチリパウダーを控えたので、安心してお召し上がりください」

色とりどりのカレーに全員が目を丸くしている。

子供たちはカレーが運ばれる前からにおいに反応して、「カレーだ」「カレーだ」と興奮していた。けれどいざ運ばれたカレーは、見慣れたカレーとはまったく違ったから驚いているのだ。

「ママのカレーとちがう」

「なんでみどりなの」

初めて『スパイス・ボックス』のカレーを目にするアサイさんも感心した様子で、喜ぶ孫たちにすっかり目尻《めじり》が下がっている。

やや遅れて、ゆたかが焼きたてのロティを運んできた。

香ばしい小麦の香りに、全員の目が釘付《くぎづ》けになる。

「お待たせしました。これはロティというパンです。指でちぎって、カレーを付けてお召し上がりください。あ、熱いからお気をつけて」

アサイさんと娘がロティをちぎり、子供たちに「どれにする？」とカレーを訊ねた。双子が指さしたボウルのカレーをすくい、ロティに載せて、ふうふうと冷まして小さな手に渡す。最初は恐る恐る口に運んだ双子は、次の瞬間目を輝かせた。

もっとちょうだいと手を差し出す様子は、まるで餌《えさ》をせびる雛鳥《ひなどり》のように可愛らしい。

あっという間に双子の口の周りがカレーまみれになってしまった。

「もう、しょうがないわね」

アサイさんがおしぼりで拭《ぬぐ》ってやるが、すぐにまたカレーまみれだ。

ゆたかは、カレーがついた指をしゃぶる男の子に目を細めながら言った。

「きっと手で食べるのが楽しいんですよ。スプーンやフォークって、最初はまどろっこしいですもんね。私もよくお行儀よくしなさいって叱られました」

そうだったかなとみのりは記憶をたどったが、さっぱり覚えていない。

双子にばかり気を取られていたが、朱莉を見れば、こちらは神妙な顔でカレーを味わっていた。几帳面《きちょうめん》に三色のカレーを取り分けた皿は、まるで絵の具のパレットのようだ。同じ姉弟《きょうだい》でも性格はずいぶん違うらしい。

子供って面白い！

みのりは目が離せなくなってしまう。

六時半を過ぎたが、他の客が訪れる気配はない。週初めの月曜日、おまけに雨降りだ。

おかげでこの家族にかかりきりになれて、かえって良かったかもしれない。

みのりが追加のおしぼりを持って座敷に行くと、湯気を上げる皿を持ったゆたかもやってきた。

「カレーはお口に合いましたか？」

「とても美味しいです。インドのカレーって、こんなにマイルドだったんですね。子供たちもすっかり気に入ったようです」

アサイさんはにっこり微笑むが、どうやら彼女と娘は子供に食べさせるのにかかりきりで、自分たちはまださほど食事が進んでいないようだ。

「特にマイルドなカレーを用意しましたから。でも、大人の方にはちょっと物足りなかったんじゃないですか？」

ゆたかが新たに運んだ料理からは、食欲をそそるスパイシーな香りが立ち上っていた。

「あら、美味しそう」

「マトンブナと言って、羊のお肉と野菜の炒めものです。お子様には辛いので、お母様とおばあ様でどうぞ」

マトンブナは汁気のないカレーのようなものだ。そのまま食べてもいいし、ロティに載せて食べるのもいい。シャキッと歯ごたえを残したタマネギとピーマン、マトンというシンプルな具材だが、複雑なスパイスの刺激がすっかり癖になる。上には刻んだショウガが散らされ、これもいいアクセントなのだ。

「羊肉は体を温め、気持ちを落ち着かせてくれます。疲れた時にぜひ食べていただきたいお肉なんです。スパイスは消化を促進し、食欲を刺激します。それにこのお料理はお酒にもよく合うんです」

「お酒が進みそうで困っちゃうわ」

ゆたかはお腹がいっぱいになってきた双子と遊んでいる。どうやら大人たちにゆっくり食事をしてほしいということなのだろう。

突然双子の一人が、母親が食べる料理に興味を持ったのか、ひょいと手を伸ばしてマトンを口に入れた。

「こら、海！」

慌てて母親が叫んだが遅かった。辛さに驚いたのか、海と呼ばれた男の子は大声で泣き出してしまった。

「もう。だから言ったのに」

アサイさんの娘は、海を抱き寄せて頭を撫《な》でた。

「辛かったよねぇ、ごめんねぇ」

つられて空も泣き出してしまい、ゆたかも一緒になって双子をあやしている。

「ラッシーを持ってきますね。少しは口の中が落ち着きます」

みのりは急いで厨房に向かった。

念のため三人分のラッシーを用意したのは、子供たちがケンカをしないようにするためだ。トレイに載せて戻ろうとした時、ガラガラと引き戸が開いた。

座敷からは双子の泣き声が今も輪唱のように聞こえている。

なぜこのタイミングでと、玄関を見たみのりは顔をこわばらせた。

入ってきたのはかつての恋人、真田和史だったのだ。

和史は騒々しい座敷をチラリと見て、「やけに賑やかだな」と勝手にカウンター席に座る。それからわざとらしくテーブル席を振り返り、ニヤリと笑った。

「……と言っても、客は座敷だけか」

「余計なお世話よ」

ラッシーで海の機嫌も直ったようで、ようやく泣き声は収まった。

厨房へ戻ったみのりは、和史が決まって注文するモヒートを作り始める。

ゆたかは「いらっしゃい」と微笑み、アサイさんたちのデザートに取り掛かった。

和史は初めて『スパイス・ボックス』を訪れた時に、自家製ミントたっぷりのモヒートが気に入り、こればかり注文するようになった。そう言えば、月曜日の今日は『リストランテ・サナ』の定休日だ。

「どうしたの？　今日は一人？」

いつもならたいてい恋人の早川麗《はやかわうらら》が一緒である。

麗はすっかり『スパイス・ボックス』が気に入り、しょっちゅう友人や同僚を連れて来てくれるが、和史が連れて来るのは麗だけだ。オーナーシェフとして料理人同士のネットワークがあるかと思えば、和史は意外と孤高の料理人で、人付き合いが苦手なのだ。

常に一人で悶々《もんもん》としているこの男にとって、悩みすら笑い飛ばせる麗の明るさは、すでに必要不可欠なものに違いない。

「最近忙しいみたいだ。客席主任になったとかで、新入社員の教育を任せられているらしい」

「あー、まぁ、そういう年代だもんね」

みのりも会社員だった頃を思い出す。

後輩を指導するように言われたはいいが、自分の仕事が減るわけではない。むしろ責任ある仕事を任されてやる気になっている時だから、教育という厄介ごとに足を引っ張られている気がして始終イライラしていた。

「麗さんなら大丈夫だと思うけど、息抜きしたくなったらここにおいでって伝えてよ。で、アンタは一人の時間を持て余してここに来たわけね」

「違う。長雨で閑古鳥が鳴いていたら気の毒だと思って来てやっただけだ」

「それはどうも」

座敷から弾《はじ》けるような笑い声が上がった。ゆたかがデザートの盛り合わせを運んだのだ。色とりどりのアイスやシャーベット、先日アサイさんが大絶賛したチョコバナナのロティもあらかじめ切り分けて載せている。他にもカットしたフルーツと、店で人気のサブレも載せた豪華プレートだ。

大人たちはまだマトンブナやカレーを食べているが、子供たちはお腹がいっぱいになればすぐに飽きてしまうから、早めにデザートを用意したのである。

クラッシュアイスがぎっしりと詰まったモヒートをステアしながら、和史は座敷を眺めた。

「珍しい客層だな」

「うん。家族連れなんてめったに来ないからね。みんな子供にスパイス料理なんて早いって思っているみたい。辛くない料理もたくさんあるのにね」

「そうだな。この前食べたカレーも、ポタージュスープみたいにマイルドだった」

「でしょ。今夜のお客さんには、それを知ってもらういい機会だったよ。『リストランテ・サナ』は子連れのお客さんも来るの？」

しょっちゅう出入りしていた時期もあったが、今ではすっかり忘れてしまった。

「多くはないけどな。例えば、誕生日だとか祝い事のたびに予約してくれる家族は何組かある。ハレの日用の店ってことだな。ただし、特に子供向けのメニューを用意しているわけじゃない。小さい子には大人が食べられるものを選んでやる、ウチはそれでいいと思っている。子連れを取り入れようと無理におもねる必要はないさ」

「和史のお店はリストランテといっても地域密着で、ご近所さんに愛されているもんね。いくら間口を広げすぎると、コンセプトがブレたり立ち位置が分からなくなったりする。いくら売上が欲しいと言っても難しいところだよね」

「ああ。客層が変わって、これまでの常連客が離れてしまうのは何としても避けたい。だから俺は間口を広げようとは思わないし、広げなくても済むような方法を考えているつもりだ」

「おかげで悩みが尽きないわけか。でもその考えは立派だと思う」

「お前の店はファミリー層も取り込もうと考えているのか？」

「お子さんと一緒に楽しく食事が出来る店にしたいとは思っているよ。今は大人のお客さんばっかりだからね」

「スパイス料理店と決めた時点で、ある程度、覚悟していたんじゃないのか」

「う」

みのりは言葉に詰まる。正直なところ、ゆたかが希望したスパイス料理店に面白そうと飛びついただけだ。次に考えたのは、料理とドリンクの売上構成比だった。スパイス料理ならきっとお酒が進む。料理よりも利益率が高いドリンクが多く出るなら、勝算は十分にあると考えたのだ。つまり無意識に大人の客層しか想定していなかったことになる。

みのりが言葉にしなくても、すべてを察した和史は笑っている。

その時だ。

「ねぇ、見て」

厨房から、ゆたかが一枚の写真をカウンターに差し出した。

異国の写真だった。家族だろうか。子供も大人も、大勢の人が写っている。

床にはたくさんの料理が並べられ、それを取り囲むように人々が座っていた。お年寄りも赤ん坊もいる。一家族なのか、一族が集まっているのか。

そういえばどこかの国では、遠い親戚までもが一緒に生活をしていると何かで読んだ記憶がある。印象的なのは、圧倒的な人数と料理の量、そして、誰もが弾けるような笑顔をこちらに向けているということだ。

「これ、柾《まさき》さんが撮ったの。みんな見事にカメラ目線。いい写真だよね。何だか満ち足りているって気がする。料理は何かなぁ。積み上げられているのは、ロティみたいなパン。煮込み料理も何種類もあるよね。お肉も野菜もいっぱいで美味しそう。こんな大人数でワイワイ食べたら楽しそうだよねぇ。ほら、この小さい子。隣のおじいちゃんがきっと食べさせてあげるんだろうね」

ゆたかは写真の料理や人物を指さしながら、楽しそうに言った。

柾とはゆたかの亡き夫だ。

「柾さん、こんな写真をいろんな国で撮っていたの。ずっと前、みのりにも見せたことがあったよね。見ているうちに、こっちまで笑顔になっちゃう写真ばっかり。柾さんは撮影するばかりで一枚も写っていないんだけど、きっと同じように笑っていたんだろうなって目に浮かんじゃうよね」

みのりも和史も異国の人々の笑顔に見入っていた。

ゆたかが結婚した頃、みのりは柾の話を聞きたくてしょっちゅう館山まで遊びに行った。バックパッカーとしていくつもの国を旅した柾の話は刺激的で、それを語る話術も巧みだった。

空の色、風のにおい、人々の温かさ。訪れたことのないみのりにも、はっきりと情景が目に浮かぶようだった。料理についてはことさら詳しくて、すでに料理雑誌の編集者だったみのりは、せがんでさらに色々な話を聞き出した。嫌がるそぶりもみせず、楽しそうに語る柾の人柄と博識ぶりに、姉が惹《ひ》かれたのももっともだと納得したものだ。

和史と一緒に館山を訪れたこともある。和史も修業のためにミラノに滞在した経験があり、柾との話も盛り上がっていた。同じ料理人として通じるものも多かったに違いない。

その頃のことを思い出すと、きゅっと胸が締め付けられた。

もしも柾が生きていて、自分も和史と結ばれていたら、今頃どうなっていただろうか。

ふと頭に浮かんだ、あり得たかもしれない未来を追い払い、みのりは姉の手に写真を返した。

「いい写真見せてくれてありがとう」

きっとゆたかはこんな風景を『スパイス・ボックス』の厨房から眺めたいのだ。

この写真こそが、ゆたかが夢見た柾との未来だった気がした。

ゆたかは写真を封筒に入れると、和史に向き直った。

「さっきの和史くんの話に私も賛成。来てくれたお客さんに色々な料理を食べてもらって、これなら子供も大丈夫って思う料理を選んでもらえばいいんだもんね。何よりも、こんな美味しいお料理、子供やおじいちゃんおばあちゃん、家族全員に食べさせたいって思ってもらえるお店にしたい」

「その先の景色が、さっきの写真ってことか」

ゆたかは写真を胸に押し当てて頷いた。

「敵《かな》わないなぁ、ゆっちゃんには」

和史が苦笑した。

そこで、ゆたかは「あっ」と小さく叫ぶと、慌ててガス台のほうへと向かった。

「お座敷のお客さんに、最後のお茶を用意しなきゃ！」

「料理はおまかせだったのか？」

「そう。大人たちにはとっておきの飲み物を用意しているって言っていたけど、実は私も聞かされていないの」

「さて、ゆっちゃんは何を用意しているんだろうな」

和史がモヒートのグラスを傾けながら、楽しそうに言った。

その時、ガラガラと引き戸が開き、立て続けに二組の客が入ってきた。

ようやく『スパイス・ボックス』のテーブル席も賑わい始めた。


座敷の様子を見に行くと、料理の皿は空になり、カレーもきれいになくなっていた。

子供たちは盛り合わせのデザートに大満足だったようで、まだゆっくりアイスを食べていたり、双子の一人は母親にもたれてウトウトしたりしている。

チョコバナナのロティは、朱莉ちゃんが気に入ってほとんど食べてしまったようだ。

「よかったらもう一皿作りましょうか?」

みのりが言うと、アサイさんは恥ずかしそうに「お願いしようかしら」と笑った。

「その前に、お茶をお持ちしました」

ゆたかがトレイを持って来た。

「まずはハーブティーです。レモンバームは気持ちを落ち着けて、消化を助ける効用があると言われています。食後や夜にはぴったりです」

「いい香り」

アサイさんにつられて、みのりもうっとりと目を閉じる。

「こちらは、お母様とおばあ様に」

ゆたかは、トレイに載っていた小さなカップを二人の前に置いた。

「まぁ。こっちもいい香り」

「チョコの香りだわ」

「はい、ホットチョコレートです」

「ホットチョコ？」

思わずみのりまで声を上げそうになった。いかにも寒い季節の飲み物である。

しかし考えてみれば、先日のアサイさんはチョコバナナのロティの香りだけで、明るく微笑んだではないか。それがきっかけとなって今夜の予約に繋がったのだ。

ゆたかは二人を優しく見つめて言った。

「今は蒸し暑い季節ですけど、クーラーで意外と体は冷えているんです。そうなると疲れも抜けません。ホットチョコにはちょっぴりチリパウダーも加えました。温かいチョコとスパイスで内臓を温めれば、体の巡りもよくなります」

きっと前回アサイさんが、愚痴を交えて娘を案じていたのを覚えていたのだ。

「チョコにチリパウダー？」

「ええ。前にも少しお話ししましたけど、カカオの原産国、中南米からカカオを手にしたヨーロッパの人々は、カカオに薬のような効果を期待しました。古代の中南米の人々は、スパイスを加えて、泡立てて飲んでいたそうです。昔から人々は心や体の調子を整えるものとしてカカオを重宝してきたんですね」

「それでホットチョコを？」

「はい。もちろんこちらは、カカオ分の高いチョコレートを牛乳で溶かして、甘く仕上げていますので安心してお召し上がりください。そうそう、カカオポリフェノールは美容にもいいと言われているんですよ」

アサイさんと娘は嬉しそうにカップに口を付けた。

「あら、甘いかと思ったけど、意外と控えめ。でも、しっかりチョコレートね」

「お口に合ってよかったです。今夜のお料理はご満足いただけましたか」

「もちろん。子供たちがあんなに喜んでくれるなんて」

アサイさんは嬉しそうに孫たちを見渡した。もうお腹いっぱいに見えた孫たちが、チョコの香りに反応して集まってきている。これはゆたかにも想定外だったようだ。

「子供さんにはココアがいいですよね、すぐに用意してきます！　ところで、チョコバナナのロティも追加しますか？」

「はいっ、ぜひ」

ゆたかは「かしこまりました」と微笑んだ。

チョコバナナのロティはあっさりと彼女たちのお腹に収まった。

子供たちも甘いココアを飲んで、いよいよお腹がいっぱいの様子だ。

みのりは空いた皿を下げようと座敷に上がり込んだ。

今にもウトウトしそうな双子を、アサイさんの娘が「寝ちゃダメよ。もうおうちに帰るんだから」と励ましている。

「ボク、ここのおうちがいい」

「ダメだってば」

「だって、カレーもアイスもココアもおいしいもん」

座敷がどっと笑いに包まれた。

何だ何だと、テーブルの客も座敷を覗き込み、子供たちの姿に頬を緩ませている。

アサイさんの娘は、姿勢を正して母親に向き直った。

「ありがとう、ママ。私たちもそろそろ本当のお家に帰ろうかな」

「えっ」

「いつもありがとう。ママもやっぱり疲れちゃうよね」

「そんなことはないわよ。賑やかで楽しいし」

娘は小さく首を振った。

「気づいていたの。最近、ママが買い物から帰ってくると、何だか不思議なにおいがしたの。ここに来てようやく分かったわ。このお店のスパイスの香りなのよ。子供たちと遊び疲れて、息抜きがしたかったんだよね。私、すっかり甘えていたなぁ。孫を連れて帰れば、喜んでくれるとばかり思っていた」

「違うのよ」

確かにスパイスの香りは髪や衣服に残りやすい。あの日、チョコバナナのロティを食べたアサイさんは、チョコのにおいでもすればすぐに孫にバレてしまうと心配していたが、スパイスの香りのほうが問題だったのだ。

「それにね、今朝、朱莉が言ったの。パパにも鳥さんの絵を見せたいなって。朱莉も何となくママが疲れているのを感じたのかもしれない」

一緒にここを訪れた時、幼いなりに祖母の心中を感じ取ったのだろうか。

「もしかして、たまには外でご飯を食べましょうって言ったから、そんなふうに考えたの？　違うのよ。私はね、せっかく来てくれたのに、雨で家にいるばっかりじゃ子供がかわいそうだと思ったの。それにここのお料理があまりにも美味しそうだったから、みんなを連れて来たかったのよ」

みのりは静かに食器を片付けた。

「ママ、ありがとう。本当に素敵なお店だわ。今度帰ってきた時も、また連れて来てくれる？」

「もちろんよ。お父さんも説得して、みんなでカレーを食べましょう」

どうやらアサイさんの夫は、今夜は家でお留守番をしているらしい。


アサイさんたちを路地まで見送り、みのりは店内に戻った。

子供たちは何度も振り返り、「ばいばーい」と大声で手を振った。その声が店内まで届き、テーブル席の客も笑っていたと和史が教えてくれた。

「まぁ、子連れ客っていうのもいいよな」

タンドリーチキンをつまみに、モヒートをちびちびやっていた和史がぽつりと言った。

「へぇ、意外」

かつて勉強のためと二人で食べ歩いたレストランの中には、「小学生以下の子供はお断り」という店もあった。騒いでいる子供がいれば、いつもわずかに眉を寄せるのも知っていた。てっきり和史は子供が苦手だと思っていたのだ。

「俺の店の話だけどさ、前からの常連で、最初は夫婦で来ていたのに、いつの間にか奥さんのお腹が大きくなって、しばらく来なかったと思ったら、次はちっこい子を連れて来た。それがもうすぐ小学生だってよ。そういう家族を見守るっていうのも、店をやっている人間の楽しみのひとつなんだって、最近考えるようになった」

少し照れ臭そうに語る和史をみのりはぽかんと見つめ、ぷっと吹き出した。

「何だよ」

「いやぁ、私たちも年を取ったってことかもねぇ」

「色々と学習したんだよ。もう何年店をやっていると思っているんだ」

もしかしたら、そのうちに和史だって父親になるのかもしれない。

厨房ではゆたかがテーブルの客の料理を仕上げていた。

みのりは厨房に入ると、そっと姉に寄り添った。

「お姉ちゃん、あとでホットチョコの作り方、教えてくれる？　お姉ちゃんに作ってあげる。元気が出る、みのり特製ホットチョコ」

「あ、俺《おれ》のも」

和史がカウンターから首を伸ばした。

第二話　男たちの激辛対決　特製麻婆豆腐

1

梅雨も明けきらぬ曇天の昼下がり。厚い雲の下に籠《こ》もった空気が、今日も都内の気温を上げて不快な暑さが肌に纏《まと》わりつく。

空を覆う雲が晴れて本格的な夏が訪れれば、じりじりとした陽《ひ》ざしが容赦なく細い路地のアスファルトを焼き、路面店の『スパイス・ボックス』の店内は、輻射熱《ふくしゃねつ》でぐんぐん室温が上昇するだろう。それでもこんな天気が続くよりは、早く梅雨が明けてすっきり晴れて欲しいと、みのりは客のいないテーブル席を眺める。

厨房《ちゅうぼう》ではゆたかが今朝届けられた鶏肉《とりにく》の仕込みをしていた。

『スパイス・ボックス』の人気メニューは、ゆたかが得意とするインドカレーをはじめとするカレー類だ。その具材として多く使用されるのが鶏肉である。

日本にいるとあまり意識することはないが、カレーやそれに類似するスパイス料理を多く食する地域では、宗教上の理由で豚《ぶた》や牛が禁忌とされているからだろうか。

神楽坂《かぐらざか》散策に訪れる日本人客の多い『スパイス・ボックス』では、一般的な肉屋から仕入れをしているが、アヤンさんの店のように、インドやネパール出身のコックが営むインド料理店では、ハラール処理をされた肉類を仕入れているそうだ。そのためか日本で暮らす現地の人々が多く客として訪れている。

みのりがハラールについて知ったのは、つい最近のことである。たまたまスパイスの香りに引き寄せられて来店した異国の客に、「ここの肉はハラールか」と訊《たず》ねられたのがきっかけだった。彼は熱心にメニューについて質問をし、けっきょく野菜料理を食べて帰ったのだった。

まだまだ知らないことがたくさんある。そう思い知ったのは、この店を始めてからだ。それがみのりにとって新鮮な驚きであり、楽しさでもあった。

ガラガラと引き戸が開いた。

「こんにちは！」

挨拶《あいさつ》とともに入ってきたのは、地下鉄の神楽坂駅に近い池田《いけだ》豆腐店の店主だった。

今日もニコニコと愛想《あいそ》のよい笑みを浮かべていて、四十代と聞いているがいつも少年のように目を輝かせている。

「池田さん！　いらっしゃい」

冬の時期、期間限定で出したスンドゥブの豆腐を仕入れて以来、すっかりお互いの店を行き来する仲になっている。

池田さんはカウンター席に着くと、フレッシュミントのハーブティーを注文した。

すうっと清涼感のある香りは、今日のような蒸し暑い日にぴったりだ。

熱湯の対流に合わせて、ガラスのポットの中でゆらゆらと揺れるミントを楽しそうに眺めていた池田さんは、カウンターの中に視線を移した。

「シェフは仕込み中ですか。精が出ますねぇ」

「今日みたいな日は落ち着いて仕込みに集中できるんです。ティータイムが忙しい時は、デザートのオーダーで慌ただしいですけど、梅雨に入ってからさっぱりですから」

ゆたかは手を止めてにこっと笑う。

ふらりと現れたところを見ると、この時間、豆腐屋の店主は休憩中らしい。

以前聞いた話では、早朝から開店時間までが彼にとってもっとも忙しい時間帯で、一心に商品の製造に励み、一段落つくと妻と交代で店番をしているそうだ。おそらく夕方になって商店街が賑《にぎ》わう前の時間が、もっとも手の空く時間なのだろう。

「スパイス料理店の仕込みは、もっとこう、強烈な香りがするものと思っていました」

「カレーの仕込みは開店前にしているんです。おっしゃる通り、かなり強烈なにおいがしますから、ハーブティーの繊細な香りを楽しむお客さんに申し訳なくて」

ゆたかが言う強烈なにおいは、スパイスというよりもニンニクやタマネギ、香味野菜から放たれる。そこにスパイスが加わるから、嗅《か》ぎ慣れないにおいとして不快に思う人もいる。

「ああ、なるほど、なるほど」

池田さんは得心したように頷《うなず》いている。

「最初の頃《ころ》、朝の強烈なにおいに耐えかねた『手打ち蕎麦《そば》　坂上《さかうえ》』の大将が文句を言いに来たんですけどね」

今ではすっかり笑い話である。大将も話のタネにされていることを喜んでいるらしい。

「僕、実はさっきまで『坂上』さんにいたんですよ。大将に呼び出されて」

ミントティーをずずっとすすり、池田さんは身を乗り出した。

「えっ、『坂上』さんに？」

みのりとゆたかの声が揃《そろ》った。

「ウチの豆腐を『坂上』さんで使っていただけることになったんです。今日の昼過ぎですよ。『今から試作するから来い』と電話があったんです」

「わぁ、大将らしい」

この天候では、『坂上』のランチタイムも客の引きが早かったのだろう。

ゆたかは「大将、何を作ったんですか」と訊ねた。

「揚げ出し豆腐です」

「揚げ出し豆腐、なるほど」

『手打ち蕎麦　坂上』の大将、長嶺猛《ながみねたけし》が、つまみになるメニューを増やしたいと言っていたのは春先のことだ。蕎麦屋なら常時天ぷら油は用意があるし、出汁《だし》が効いた天つゆで食べる揚げ出し豆腐はさぞ美味《おい》しいだろう。確かに理にかなった一品である。

「自分の豆腐を褒めるようで恥ずかしいんですが、美味しかったですよ。サクッと揚がった衣が出汁を吸ってしっとりとして、中の豆腐はなんというか、もっちりとしっかり豆のうま味を閉じ込めている。いや、大将さんに感謝ですねぇ。ウチの厚揚げももっと頑張らなきゃなって思いました」

大将は上手に天ぷらを揚げる技術に通じている。上にチョンとワサビでも載せて食べたら、冷酒がどれだけ進むだろう。いや、ビールでもいい。みのりはごくりと喉《のど》を鳴らす。

「真夏は冷奴《ひややっこ》も置いてくれるって言っています。いやぁ、近所のお店さんで、ウチの商品を使ってくれるのは本当にありがたいことです」

冷奴！　たっぷりの薬味で食べたらこちらも冷酒が進んでしまう。

「今は大豆が見直されていますもんね。代替ミートもすっかり定着しましたし、何より味も食感も、お肉と遜色ないものが多いですから」

ゆたかの言葉にみのりは我に返る。頭はすっかり晩酌モードに突入していた。

「ええ。でも我が家は代々豆腐屋ですからね、どうしても美味しい豆腐で勝負したいなんて考えちゃう。今こだわっているのは食感なんです。滑らかなものからしっかり脱水した固めのものまで。それぞれに合った大豆を厳選して、食べ比べていただいたら面白いんじゃないかって」

「それこそ大将のお店でやってもらったらいいじゃないですか」

池田さんは困った顔で笑った。

「それもいいですけど、まずは僕の店でお客さんの反応を見たいなぁ。うん、でも直接召し上がる姿を見ることができるのは、飲食店さんなんですけどねぇ。羨《うらや》ましいですよ」

理想とする商品について嬉々《きき》として語る豆腐店の主《あるじ》の顔は、眩《まぶ》しいほどに輝いていた。こういう人が周りにいるから、自分たちももっと頑張ろうと思えるのだ。

「そうだ、シェフ。今、と〜っても滑らかな豆腐を試作しているんです。それを使ったアジアンスイーツなんてどうですか？　搾りたての豆乳もいかがでしょう。『スパイス・ボックス』さんのデザートにぴったりだと思うんですよ」

池田さんはパッと顔を上げてゆたかを見つめた。

ゆたかもにっこりと微笑《ほほえ》み返す。

「はい。今月からアジア料理のフェアをしているんです。ぜひ検討させていただきます」

「今度、サンプルとしてお持ちしますね。これからもよろしくお願いします」

お茶を飲み終えた池田豆腐店の店主を見送ると、みのりは感心したように言った。

「池田さん、営業力もたいしたものだね。人柄もいいからつい聞き入っちゃう」

「こちらも勉強になるし、色々と考えさせられるわね。菜食主義やヴィーガン、今や宗教上の理由だけでなく、食を巡る思想も様々だもの。食品開発の技術もどんどん進化している。大豆は昔からお肉に替わるたんぱく源って言われていたけど、まさかここまでお肉に似せるようになるなんてね」

昨今、すっかりスーパーでも幅を利かせている代替ミートのことを言っているらしい。

「でも、お肉に似せるってことは、結局はお肉が食べたいってことじゃない。私、池田さんの意見に賛成よ。どこまでも豆腐にこだわって、味や種類を追求してほしいって思っちゃった」

「まぁ、カロリーやお値段を気にして、お肉を我慢して大豆ミートに置き換えるって場合もあるからね。でもさ、お姉ちゃんの言いたいことは分かるよ、つまり」

「お肉が食べたい時は、迷わずお肉を食べる！」

姉妹の声が揃う。姉妹は大の肉好きなのだ。

「日本では様々な食材が手に入るわ。それを食べられることに感謝しながら、美味しくいただくだけよ」

ゆたかは仕込みを終えた鶏肉を丁寧にパッキングしていく。これらがカレーの具材となり、スパイスやヨーグルトでマリネされてタンドリーチキンやチキンティッカとなる。

業務用の大きな冷蔵庫の前でゆたかが振り返った。

「でもね、池田豆腐店さんのお豆腐は本当に美味しいもの。豆の味がしっかりしているから、スパイスの味にひけを取らないのよね。デザートもいいけど、ぜひまたウチの料理に活《い》かしたいと思うの」


その日の夕方のことだ。厚い雲の隙間《すきま》から薄日が差して、ビルの壁面をわずかな夕焼け色に染めていた。

ガラガラと引き戸が開き、みのりは「いらっしゃいませ」と弾んだ声を上げた。

この時間に来る客は一人しかいない。

「ども。お邪魔しまっす」

入ってきたのは、駅構内の立ち食い蕎麦屋で働く「エキナカ青年」である。もっぱら早番の担当で、早朝五時から仕込みを始める彼が来店するのはたいていこの時間だ。九時には就寝するというから、みのりやゆたかよりも生活のサイクルが四、五時間前にずれこんでいることになる。

「今日もムシムシ暑いわねぇ。早く梅雨が明けるといいのだけど」

みのりはいつものように世間話をしながら迎え入れた。

毎回さっさとカウンターに向かう彼が今日は後ろを振り返り、みのりはようやく連れがいることに気が付いた。路地に立ったひょろりと背の高い男が、珍しそうに古民家を見上げている。

「お友達ですか？」

「いや、店の同僚っす。なぁ、須藤《すどう》」

須藤と呼ばれた青年がゆらりと頭を動かす。会釈のつもりらしいが、ふらついたようにしか見えなかった。痩《や》せて薄い体つきが何とも頼りない印象を与える。

「あら、じゃあ、須藤さんも早朝から働いているの？　若いのに毎日大変でしょう」

話を合わせながら、みのりは「エキナカ青年」の名前をいまだに知らないことに思い至った。

「俺《おれ》、南《みなみ》店長と違って朝は苦手なんで、遅番担当なんです」

ぼそっと須藤が答えた。

みのりは「そう」と頷いてから、えっと目を剝《む》いた。

「エキナカ青年」は南というらしい。それはいい。でも、南店長？　このマトンカレーが大好物の飄々《ひょうひょう》とした青年は店長だったのか？

みのりの驚きを察したように「エキナカ青年」がニヤッと笑う。

「あ、みのりさん、今、俺が店長って思ったでしょ。そう、俺、この春から店長に昇格したんすよ。前も話したけどウチの会社、都心のエキナカに、立ち食い蕎麦屋、カレースタンド、コーヒーショップ、いろんな店を出してますもん。ターミナル駅にはそれこそ一駅にいくつも店がある。そのひとつひとつに店長がいるんすよ？　ぜんぜんスゴイことないんです。まぁ、その中でも俺は若いほうだけど」

しれっと語る「エキナカ青年」に、この飄々とした性格が抜擢《ばってき》された理由なのではないかと思う。

「でもやっぱり店長なんてすごいわよ。だって、責任者よ？」

「そっか。みのりさんも店長ですもんね。同じだ」

はははと「エキナカ青年」は軽やかに笑う。

「ところで遅番の担当さんがどうして一緒なの？　お店はいいの？」

「こいつ、アルバイトだし、今日は休みなんで連れてきました」

「あら、そう」

見た目は頼りないが、年齢は「エキナカ青年」と同じくらいか。いや、痩せているために頬《ほお》が削《そ》げて、見方によってはずっと年上にも見える。しかし、アルバイトというなら年下なのだろうか。さっぱり分からない。

「店長がここのカレー、すごくうまいって絶賛なんです。俺もカレー好きで、同じ駅構内のカレースタンドに移りたいって何度も相談しているんすけどね」

「ただでさえ人手不足だっていうのに。お前がいなくなったら俺が穴を埋めなきゃいけないじゃねぇか。朝から夜まで働かせる気かよ」

同世代同士の歯に衣《きぬ》着せぬやりとりに、思わずみのりは吹き出した。どうやら「エキナカ青年」は、『スパイス・ボックス』のカレーでこの須藤なる青年を懐柔しようとしているらしい。

「だいたい、俺だってカレースタンドに異動したいって、何度も本部に直訴しているんだ。それなのに店長だぜ？　俺が異動する時が来たら連れて行ってやるから、それまで我慢しろよ」

「いったいいつの話ですか。それに、絶対に本部に見抜かれていますよ。カレースタンドの開店時間、立ち食い蕎麦より二時間遅いじゃないですか。店長が異動したいのは、それが一番の理由だって」

「南くんは蕎麦屋の早朝の顔なのよ。ふふ、仲がいいのねぇ。雰囲気も似たような感じ」

笑った瞬間、「似ていません！」と、両者から強く否定され、みのりはあららと思った。

「はいはい、失礼しました。お二人ともご注文は？　南くんはいつも通りマトンカレーでいいのかしら。お連れ様はメニューをご覧になりますか」

南くんと慣れない名で「エキナカ青年」を呼びながら須藤を見ると、メニューをくれとばかりに手を伸ばされた。

「メニューはいいだろ。イチオシはマトンだぜ、お前もマトンにしろよ」

「マトンなんて食べたことないし。俺、普通がいいんです」

近眼なのか、メニューに額をくっつけるようにして眺めていた須藤は、しばらくして途方に暮れたように顔を上げた。

「普通のカレーってどれっすか？」

サグマトン、チキンティッカマサラ、ダルタルカ……。インドカレーの項目には、食べ慣れない者にはさっぱり分からない名前が並んでいる。

「チキンは平気ですか？」

「チキンなら」

「じゃあ、チキンカレーはいかがです」

「うす。じゃ、それで」

みのりが厨房のゆたかに注文を通すと、「エキナカ青年」がカウンターに頬杖《ほおづえ》をついて、わざとらしくため息をついた。

「お前さぁ、せっかくオススメの店に連れて来たんだから、俺のイチオシを食えよ」

いくら好きとは言え、メニューも見ずに毎回マトンカレーを注文する彼もどうかと思うのだが、時にみのりがテーブルに運ぶ料理を気にするなど、少なくとも飲食店で働いているだけあって、料理への興味はあるように見える。

しかし、須藤はそんな「エキナカ青年」に訝《いぶか》しげな視線を送っている。

「なんだよ」

「だって、失敗したくないですもん」

「たまには冒険してみろよ」

「じゃあ、失敗したら店長、責任取ってくれますか」

これにはみのりもぎょっとする。たかが飲食店での注文で「失敗」だの「責任」だの穏やかでない言葉が飛び交っている。

またしても「エキナカ青年」が大きなため息をついた。

「お前なぁ、責任って……」

「せっかくお連れ様がいるんだから、たまにはビールの一杯くらいいかがですか」

どこかしら不穏な空気を感じ取り、みのりは朗らかに口を挟んだ。

しかし今回もバッサリと斬《き》って捨てたのは須藤だった。

「俺、アルコールやらないんす。コーラ、ありますか」

「申し訳ありません。自家製のジンジャーエールならございます」

「コーラ、ないんすか。じゃあ、水ください」

「かしこまりました。えっと、南くんはどうします？」

「俺も水でいいっす。ビールなんて飲んだら、明日の朝起きられませんから」

「かしこまりました」

みのりがカウンターの内側に戻ると同時に、須藤が席を立った。キョロキョロと店内を見回し、造り付けの本棚の裏側に向かう。洗面所を探していたようだ。背は高いのにかなりの猫背で、歩き方はふわふわしている。

「大丈夫かしら。ふらついているみたい」

気になったみのりは「エキナカ青年」に訊ねた。

「いつものことっすよ。地に足が着いていないだけです」

釈然としないまま厨房に入ったみのりは、レモンを浮かべたお冷をふたつカウンターに置いた。「エキナカ青年」はいつもレモン水なのだ。そこでふと気になった。

「ねぇ、お連れさんも同じものでいいのかな」

「エキナカ青年」は、すまなそうに片手で拝んだ。

「あいつ、普通の水じゃないと口を付けないと思います。すんません、何かイライラする奴《やつ》ですよね」

「了解。いいの、いいの。たまにいるから、そういうお客さん」

「その水、俺が両方もらってもいいですか」

「もちろん、どうぞ。はい、こっちは普通のお水」

「エキナカ青年」はレモン水を一息に飲み干すと、やや乱暴にグラスをカウンターに置き、

「ああ、本当に腹が立つなぁ」と呟《つぶや》いた。こんな「エキナカ青年」は初めてだ。

急に手招きされて、みのりはカウンターに身を乗り出した。

「みのりさん、あいつ、いくつに見えます？」

「え？　アルバイトだったら年下かしら」

「それ、マジ傷つくんすけど。俺の年齢、知っていましたっけ」

「二十六だったよね。去年、聞いた気がする」

「そう、来月で二十七。で、あいつは今年三十二」

「私と大して変わらないじゃない」

「そうなんすよ！　いい年をして、いつまでもフラフラしているんです。ちょっと鍛えてやらなきゃって、遅番の責任者を任せようとしてものらりくらり逃げるし、世の中を舐《な》めているんすよ」

なるほど。どうやら「エキナカ青年」は店長として、須藤を年相応の責任感と自立心を持った人物に成長させたいらしい。きっとこの面倒見のいい性格が、若くして店長を任された所以《ゆえん》なのだろうと、みのりは本部の慧眼《けいがん》に感服した。

「さっき、ちょっと思ったんすけど」

「何？」

「コーラ、置いていないんすね。俺、ここでドリンクメニューを見たことがないから、気付きませんでした」

彼はいつも水だ。だからみのりは気を利かせて、レモンを浮かべるようになった。

「コーラがないなら、クラフトコーラをやってみたらどうすか。今、流行《はや》っているじゃないすか。クラフトコーラって、砂糖と色々なスパイスで作るんすよね。この店にもぴったりだと思うんすけど」

思いもよらぬアドバイスに、みのりは目を見開いた。

ドリンクメニューはみのりの担当だ。どちらかというと、ハーブティーなどのお茶とアルコールに気を取られ、ソフトドリンクをおろそかにしていた。

開店にあたり、コーラではなくジンジャーエールをメニューに加えたのは、今ほどスパイスの知識がなかったみのりでも「ショウガは体を温める」ことくらいは知っていたからだ。

「ありがとう。確かにそうね」

「それと、みのりさん」

「何？」

「あいつのチキンカレー、思いっきり辛くしてください」

「そういえば、辛さの好み聞き忘れていたわ。須藤くんも辛いのが好きなの？」

「さぁ？」

「エキナカ青年」は軽く首を傾《かし》げた。

「苦手だったらまずいじゃない。ただでさえ好き嫌いが多そうだし。参ったなぁ、早く帰ってこないかな」

みのりは首を伸ばして洗面所を窺《うかが》う。厨房ではゆたかがすでに調理を始めているが、チリパウダーを加えるのはまだ先だ。

「あいつ、ホントに軟弱で、すぐに腹を壊すんですよ」

またしても「エキナカ青年」がしれっと言い、みのりはますます不安になる。辛いカレーなど食べたら、お腹《なか》の調子が悪くなるのではないか。

やきもきしているみのりに気づいたのか、「エキナカ青年」はへらっと笑った。ようやくいつものお調子者の表情に戻っている。

「えっと、辛くしてほしいっていうのは、スパイス多めという意味です。あれ？　違いますかね。俺、いまいちインド料理が分かっていないみたいです。だめだな、これじゃ、カレースタンドに異動なんてできないっすね」

カレースタンドなら、インドカレーではなく欧風カレーの店だろう。作り方が根本的に違う。そう説明しようとして、みのりはハッとした。ようやく「エキナカ青年」の意図に気づいたのだ。

「かしこまりました。すぐにシェフに伝えてきます。カレーの知識もきっとバッチリよ」

「よっしゃ、みのりさんに褒められた」

「エキナカ青年」は大袈裟《おおげさ》にガッツポーズをしてみせる。

つまりチキンカレーには、胃腸を整える効果のあるスパイスをたっぷり使ってほしいということなのだ。

2

須藤論《ろん》は手を洗うと、顔を上げて正面の鏡を見た。

ずいぶん髪が伸びた。そういえば最近ろくに鏡も見ていない。

須藤の髪は柔らかい猫っ毛で、伸びると自然に緩くウェーブがかかる。つまり天然パーマだ。

小さい時はもっと癖が強く、クルクルと渦を巻いていた。母親は「まるで天使だわ」と須藤を溺愛《できあい》していたから、同級生にからかわれた時はショックが大きかった。

それが嫌で親にせがんで何度も髪を切ってもらった。母親はひどく残念そうだった。

子供は何かと自分たちと違う存在に指をさし、無自覚の悪意を示す。今でこそ多様性が尊重されるが、結局は同じような仲間を形成して群れている。公園に来てまで小型ゲーム機を覗《のぞ》き込む小学生グループを見るたびに、須藤はそう思うのだ。

幼い頃に味わった割り切れない思いが、その後も須藤の心にずっと暗い影響を与え続けている。

中学時代まで須藤は髪の毛を気にしながら過ごした。同じ制服、同じ髪型、周りは似たような生徒ばかりだったから、自分も同じにしなくてはならなかった。

しかし高校に入ったとたん、髪の毛は気にならなくなった。

同級生が気にするのは自分の成績ばかりで、他人のことなどさっぱり見ていなかったのだ。どうやら難関の私立高校に進んだのがよかったらしい。友人もいない中学時代、ひたすら勉強に励んだおかげだ。

周りは知らない顔ばかりで、制服もなく、髪型も自由で、誰《だれ》もが個性を全開にしていた。

しかし、ここでも須藤は孤立した。

人目を気にして生きてきた須藤にとって、他の者よりもよい成績を取ることがせめてもの矜持《きょうじ》だったのに、ここではそれ以上に周りが優秀だったのだ。

目標のために勉強に励む同級生に囲まれ、須藤は自分に目標など何もないことに愕然《がくぜん》とした。周りばかりを気にして生きてきたせいで、自分自身のことがさっぱり分からなかった。難関校に息子が通っていることを母親が嬉《うれ》しそうに近所に自慢するたび、須藤は苦しくなった。

何とか卒業はしたものの、須藤の学歴はそこで終わる。

親に勧められるまま、いくつもの大学に願書は出したが、全滅だった。

中には受験会場に足を運ばなかったものもあった。

何のために勉強をするのかが分からない。分からないのに、大学に行くのが当たり前だと両親は考えている。その頃にはほとんどノイローゼのような状態になっていた。

一人息子に期待していただけに、両親の落胆も怒りも大きかったが、息子の様子に気づくと、次第に腫《は》れ物に触るような態度に変わっていった。

数年後、少しやる気を取り戻した須藤は、親の勧めもあって専門学校に進んだが、これも長くは続かなかった。

専門学校の先にあるのは、身に付けた知識や資格が活かされる職業だ。本当にそれを自分がやりたいのかすぐに分からなくなり、すっかりやる気を失ってしまった。

世間ではこれを「甘い」というのだろう。案の定、父親は「勘当だ」と激怒したけれど、一人息子の自分が家を追い出されるはずはないと分かっていた。

それからおよそ十年もの間、いくつかのバイトを転々としながら、結局今も実家で暮らしている。引きこもりよりはずっとマシだと、それだけを言い訳にして。

須藤はハッとした。

つい、ぼんやりしてしまっていた。毎晩よく眠れないから、時々こうなってしまう。

もう一度鏡を見た。伸びた前髪の間から濁った眼《め》が覗いている。生気のない目だと自分でも思う。手のひらを水で濡《ぬ》らし、前髪をかき上げて押さえつけた。

そろそろ戻らないと、南もこの店の店員も訝しく思うだろう。

女性が切り盛りする店だからか、洗面所も掃除が行き届いていて、かすかにいいにおいがした。見れば、タイル張りの洗面台の隅に香炉が置かれている。ふと気づいて、ペーパータオルで鏡に飛んだ水滴を拭《ぬぐ》った。髪をかき上げた時に撥《は》ねたらしい。


洗面所から出た途端、スパイシーな香りに襲われた。

どうやら自分たちが頼んだカレーが出来たようだ。南はすでに食べ始めていた。

「遅いから先に食べちゃったよ。待たせたら店員さんがかわいそうだろ」

口いっぱいにカレーを頰張《ほおば》ったまま南が言う。

「須藤さんの分もすぐにお持ちします。熱々のほうが美味しいですから」

みのりと呼ばれていたエプロン姿の店員に言われ、「どうも」と返した。

多少冷めていようが気にしないが、客に合わせて料理を出すのがこの店のやりかたなのだろう。

「ああ、やっぱりゆたかさんのマトンカレーは最高。ここでカレーを食うと、今日も一日、よく頑張ったなぁって思えるんすよ」

南の顔は真《ま》っ赤《か》に紅潮し、首筋まで汗びっしょりである。激辛と言っていたから、相当辛いに違いない。

「店長、大丈夫っすか。そんな顔で言われても、まったく説得力ないんすけど」

「だって、すっげぇ辛いんだもん。だからうまいんだって」

「矛盾していません？　というか、泣いてますよね？」

須藤は呆《あき》れた。そんなに辛ければ、味も何も分からないのではないだろうか。

ところで自分のチキンカレーの辛さはどの程度かと、不意に心配になった。

「お待たせしました。チキンカレーです」

「あ、ども」

またしても香りに襲われた。カレーのにおいだけど、単純なものではない。

インドカレーにはルーというものが存在せず、いくつものスパイスを組み合わせてあの味を出していると聞いたことがある。複雑な香りが重なり合い、カレーの香りになっている。けれど、普段食べているカレーのにおいよりもずっと個性が感じられるのは、ひとつひとつのスパイスのためか。

そして色だ。カウンターに置かれたスープボウルの中身は、南のものとはまったく違っている。南のマトンカレーは真っ赤だが、こちらはからしのような濃い黄色だ。

「店長のカレーは、辛いから真っ赤なんすか」

「俺も最初はそう思って、正直、震えあがったのよ。でも、これはトマトの色なんだってさ。さすがに全部トウガラシってことはないよな。言われてみればトマトの酸味があって、いっそう味に深みを出しているんだよ」

そこへコックコートの女性がやってきた。南が「ゆたかさん」と呼んだ料理人だ。

「マトンカレーにはトマトピューレをたっぷり加えています。トマトピューレはチキンカレーにも加えますが、こちらは炒《いた》めたタマネギがベースになっていますから、マトンカレーよりも甘みが強くなります」

須藤は驚いた。具材に合わせてカレー自体も違うのだ。

「さぁ、冷めないうちにどうぞ」

料理人に促され、須藤はスープボウルのカレーをすべてライスの皿に流し込んだ。食べ方がよく分からなかったので、隣にいる南のまねだ。日本のカレーよりもとろみが少なく、スープのようなカレーの中に、ゴロゴロと鶏肉が転がっている。

カレーとライスを等分にスプーンに載せ、慎重に口に入れた。熱々だ。

「お」

思わず声が出た。カレーだけど、カレーじゃない。

何だこれは。確かにカレーの味だけど、食べ慣れたカレーとは違う。しかしそれをどう表現したらいいのか分からない。普段食べているカレーよりもずっと滑らかでコクがある。

「……うまいっすね」

結局、出た感想はそれだけだった。

しばらくして、じわじわと舌が熱くなった。

辛い？　まさか。飲み込んだ時は、あれほどクリーミーだと思ったのに。

不意の辛さに襲われ、須藤は混乱した。確かにカレーは好きだが、激辛カレーは好きじゃない。

「かっら……」

須藤はスプーンを置いて口元を押さえた。

「辛かったですか？　ほら、南くん、やっぱり辛かったみたいですよ」

みのりがカウンター越しに覗き込む。

「え？」

須藤は熱を持った舌を冷まそうと、口を開けた間抜けな顔で南を見た。

「南くんが、スパイス多めでとおっしゃったんです。辛味だけを足すわけじゃないんですけど、バランスを取るためにどうしてもチリパウダーを入れてしまったって、シェフが」

そう言いながら、みのりは白い液体の入ったグラスをカウンターに置いた。

「よかったら、ラッシーをどうぞ。口の中の辛さが和らぎます」

「俺、牛乳やヨーグルトは飲めません」

「それは失礼しました」

みのりはパッとグラスを引っ込めた。

コーラに続きラッシー。須藤はこの店のドリンクにケチをつけてばかりだ。

すぐに南が手を伸ばし、喉を鳴らしてラッシーを飲み干した。

「うまいっすね。ラッシーなんて子供の飲み物だと思っていましたけど、本当にカレーに合うんだな」

「まだ辛いですか？」

今度はゆたかが出てきた。

横で南が笑い、須藤は恥ずかしくなってきた。南は面白がっているのだ。

「じゃあ、こちらをどうぞ」

なんとバニラアイスが出てきた。こうなると親切なのか、おせっかいなのか分からない。

どうやら南がこの店を気に入っているのは、他の客がいないこの時間、スタッフが色々と構ってくれることも理由のひとつに違いない。

バニラアイスのおかげで、ようやく須藤の口の中の惨事も収まった。

スパイス多めにしろとは、間違いなく南の嫌がらせだ。普段からルーズな自分に気合を入れようと、こんなことを思いついたのだ。

それにしても、腑《ふ》に落ちないことがあった。

「最初はすごくマイルドだったのに、どうして後になってこんなに辛いんすか」

須藤はおしぼりで口元を押さえながら、カウンターの向こうのゆたかに訊ねた。

「それはですね、まず、当店のチキンカレーは、生クリームとカシューナッツのペーストでコクを出した、とってもマイルドなカレーなんです。そこにスパイスを多めに加えたのですが、実は辛さには種類があって、トウガラシの辛さはホット系と呼ばれ、遅れてきた辛さが口の中を熱く感じさせます。反対はシャープ系と呼ばれるもので、鼻につんとくる辛さのものです」

「ワサビっすね」

南がすかさず口を挟んだ。

「そうです。マスタードなどもシャープ系で、こちらは比較的早くに辛味を感じます。鼻に抜けるため、強烈ですが持続性はありません。ホット系のほうがじわじわと熱を持って、いつまでも辛さが残るんです」

須藤はふと心配になってそっとお腹をさすった。以前、タイ料理店でトムヤンクンヌードルを食べ、翌日お腹を下したのを思い出したのだ。

「うまいけど、俺にはちょっと辛すぎっすね」

「さほどチリパウダーを加えたつもりはなかったのですが、辛さの感じ方は人それぞれですからね。スパイスは胃腸の働きを促進します。だから消化をよくしたり、食欲を増進させたりしますが、場合によっては敏感に反応してしまうかもしれません」

たとえ少しくらい腹の調子が悪くなっても、どうせいつものことだ。

残すのもカッコ悪いので、須藤は意をけっしてスプーンを握った。

一度辛さを知ってしてしまえば、後は思いのほかするすると食べることができた。

辛さを遅れて感じるのなら、一気に食べてしまえばいいのだ。

ひたすら食べ続け、最後に残しておいたバニラアイスで口を冷ませばいい。

それにしても。

須藤は一心にスプーンを口に運びながら、横の南を見た。

こちらも夢中でマトンカレーを頬張っている。

いったいあのカレーにはどれほどのチリパウダーが入っているのだろう。

あれだけ汗をかいているのだ。相当辛いに違いない。

いくら辛いものが好きだと言っても、何が楽しくてそこまで辛いカレーを食べる必要があるのだろう。やっぱり南は変わった男だ。

バニラアイスで口の中を冷ましながら、須藤はしみじみ思った。

二人分の支払いは南が済ませた。

須藤が財布を出そうとすると、「いいよ、俺が誘ったんだし」と言われたのだ。

おおかた女性店員の前でいい所を見せたかったのだろう。

須藤は金に困っているわけではない。実家にいれば黙っていても食事が出てくる。アルバイトで得られる給料はわずかなものだが、親に生活費を要求されたこともないので全部自分の小遣いになる。社員でしかも店長の南は、自分よりもよほど稼いでいるのだろう。ただ、自分よりも年下の男に奢《おご》られることが少し面白くなかった。

南は年下のくせに妙に兄貴面をする。それほど自分は頼りないのだろうかと、須藤は時々心配になる。

須藤がアルバイトの面接に訪れたのは一年前のことだ。

真っ先に出てきた南を見て、てっきり大学生のバイトだと思い込んだ。

バイト同士となれば、いずれどちらかがマウントを取ることになる。たいして真剣に仕事をする気もないくせに、須藤はどこのバイト先でもそんなことを考える。しかしどのバイトも長くは続かないから、マウントなど取ったことはない。

面接はカウンター席の隅で行われた。

そこに現れたのが、先ほど案内してくれた南だった。

「すんません、俺が面接させていただきます。店長は会議で本社に行っているんですよ。えっと、こう見えて、ちゃんと社員です」

へらっと笑った学生のような男が、まさか一年後に店長になるとは思ってもみなかった。

先に路地に出て、南の会計が終わるのを待っていた須藤は、これからどうしようかと考えた。家は駒込《こまごめ》だから飯田橋《いいだばし》から地下鉄一本で帰ることができる。

南は店の女性スタッフ二人に見送られて出てきた。いいご身分だ。

そこで気が付いた。女性たちはよく似ている。

「店長、もしかして……」

「今頃気づいたの？　ゆたかさんとみのりさんは、姉妹で店をやっているんだよ」

得意げに言われ、何となく面白くない。それでも「ご馳走様《ちそうさま》っす」と頭を下げた。

「いいって。うまかっただろう」

「うす」

美味しかったのは確かだ。スパイスのせいか満腹になった腹の中が温かい。それだけでなく指先まで血液が通ったように思うのは気のせいか。

「じゃあ、行くか」

「え？」

南は賑《にぎ》やかな神楽坂通りに向かって歩き出す。

「店長のアパート、この辺りって言っていましたよね。さすがに俺、一人で駅まで行けますよ」

いくら面倒見が良いとはいえやりすぎだ。柄にもなく焦って、須藤は前を歩く南の前へ回り込んだ。

「うん、まるっきり逆。俺のアパート、さっきの店のすぐ奥だもん。いいから来いよ」

南は速度を緩めることなく坂道を下っていく。外堀《そとぼり》通りはもう目の前だった。

まさかもう一軒行くつもりだろうか。

待て、いくら『スパイス・ボックス』に入った時間が早かったとはいえ、南は明日も始発で出勤するのだ。それにさっきはビールすら断ったではないか。気が変わったのか。

須藤は人と行動するのが嫌いだ。そろそろ一人になりたかった。

せっかくの休みに呼び出しに応じたのは、南という男に興味があったからだ。

いつも飄々としたあの態度は、仕事以外でも変わらないのか。

毎朝始発で出勤する二十六歳の男の私生活とは、いったいどんなものなのか。

何を食べ、どう行動したら、あれだけのバイタリティが生まれるのか。

南に対する須藤の興味は尽きない。

きっと自分が持っていないものを持っているから気になるのだ。

今さら自分をどうこうしようとは思わないが、南を知ることで、かつての自分に何が足りなかったかを分析することはできる。常に周りを気にして、人との関《かか》わりを避けて来た須藤は、自分を正当化する思考だけはずば抜けている。けれど、今の自分が正しくないこともなんとなく気づいているのだ。

　とうとう外堀通りまで来てしまった。できればこのまま飯田橋の駅で地下鉄に乗ってしまいたい。しかし南は地下鉄の入口を通過し、外堀通りに沿ってしばらく歩き続けた。

「ほら」

「あ」

　南が立ち止まったのは床屋の前だった。洒落《しゃれ》た店構えだが、場所柄、サラリーマンと学生が客の大半だろうという男性向けの店で、掲げられた料金もかなり安い。

　戸惑う須藤に南は顎《あご》を上げて入口を示す。

「その髪の毛。もう何度も言っているよな。ウチ、飲食業だから清潔感が大事だって。いくら仕事中は頭にバンダナキャップ被《かぶ》っているとはいえ、襟足からあれだけ出ていたらアウトだから」

「店では縛っているじゃないすか」

「見た目の問題。縛っていると言っても輪ゴムはダメ。お前のはオシャレな長髪じゃなくて、だらしがないだけだから」

　ピシリと言われ、ぐうの音も出ない。確かにファッションで伸ばしているわけではない。切りに行くのが面倒なだけなのだ。

「だから、ハイ。行ってくる」

南は須藤の背中を押し、強引に店内に入れてしまう。どうやら南の行きつけだったらしく、「あ、いらっしゃい。五番目ね」などと椅子《いす》を示された。

南はいつものようにへらっと笑った。

「俺、先週来たじゃないすか。今日は連れのカットをお願いします。思いっきり男前にしてやってください」

鏡越しにチラリと須藤を見た理容師は、「お、こりゃ、やりがいがありそうだね」と手を休めずに応《こた》えた。そのまま右手に持った鋏《はさみ》、左手の櫛《くし》を器用に操り、手際よく椅子に座った客のカットを終える。客のケープをするりと外すと、そのままレジに誘導して会計を終え、すぐに次の客を座らせる。

須藤は流れるような動きから目が離せなかった。

三台の椅子に三人の理容師。それぞれが順番に客を担当し、会計まで済ませる。驚くほどにスピーディーで効率もいい。

そこでふと思った。まるでウチの立ち食い蕎麦みたいだ。

あっという間に須藤の番が来た。

椅子に座らされたとたん、鏡の中に手を振って出ていく南の姿が見えた。

あいつ、帰りやがった！

「ありがとうございます！」

先ほどの理容師が愛想のいい声を上げた。どうやら南は、須藤が逃げ出さないように椅子に座るまで見張っていたらしい。

「お客さん、どうします？」

髪に櫛を入れながら訊ねられ、はっと顔を上げる。

鏡の中で理容師と目が合った。

須藤は迷ったが、仕方なく言う。

「じゃあ、今、帰った人みたいに。襟足とサイドはかなり短くしてください」

「南さんみたいに？　お友達ですか」

理容師が笑って鋏を構えた。

部下です、と言おうとして口をつぐんだ。南は店長で、自分はアルバイトだ。理容師は常に間近で客の顔を見ている。きっと若々しい南よりも須藤のほうが年上だと、すぐに気づいてしまうだろう。

「……同僚です」

少しだけ見栄を張った。

「ああ、じゃあ、エキナカの蕎麦屋の社員さんですか。朝も早くて大変でしょう。ああいう所って、ご年配のパートさんも多いんでしょう？　何かと大変だって、いつも南さん、言っていますから」

カラカラと理容師が笑う。その瞬間、須藤の顔が引きつった。

もしかして、自分も厄介なアルバイトだと思われているのだろうか。

間違いない。だから散髪に連れてこられたのだ。

「俺、さっきまであの人とカレー食っていたんです」

南の目的は、間違いなくカレーではなく散髪させることだったはずだ。

「本当だ、スパイシーなにおいがしますね。髪の毛ってにおいがつきやすいんです」

「すんません」

「いえ、別に。ここ、シャンプーはありませんから、ご自宅で洗ってくださいね。カレーと言うと、坂の上の『スパイス・ボックス』さんでしょう。南さん、お気に入りですもんね。私も何度か行きましたよ。美味しいですよね」

理容師は須藤の気持ちなどお構いなしに、表面の言葉を拾ってするすると会話を繋《つな》いでいく。その巧みさが無性に腹立たしい。

ああ、俺はカレーでつられたのだ。打ち解けたふりをして南は俺を見下しているのだ。

昔の傷がうずき出す。俺の知らない場所で俺のことをバカにするな。

パサリ、パサリ。

房になって落ちる自分の髪の毛を目で追う。

床に散らばる髪の毛は、ホウキとちり取りで掃除されてゴミ箱行きだ。俺から生まれるものはゴミしかない。ゴミを育てるために日々飯を食い、ただ生きている。

自分が存在することに何か意味があるのだろうか。

耳元でシャキシャキと鋏が鳴る。パサリパサリと髪が落ちる。

こんなに小気味良い音をさせて、この理容師はさぞ気持ちがいいだろう。後ろにはまだあんなに客が待っている。それに比べて、俺が欠けたところで立ち食い蕎麦屋が困ることはない。

「終わりましたよ」

声を掛けられて、須藤はうつむきながらレジに向かった。

鏡で出来栄《できば》えの確認もしない客を、理容師は訝しく思ったに違いない。

けれどレジで向き合った彼は、相変わらず愛想のよい笑みを浮かべていた。

「またお待ちしています！」

明るい声に追い出されるように店を出た。振り返ると、先ほどの理容師が笑顔で客にケープを巻いているのが見えた。ずっとあの顔を保つのはさぞ疲れるだろうなと、須藤は気の毒に思った。

地下鉄に乗るため飯田橋駅の階段を下ると、そのままトイレへ直行した。いつものように腹が痛み出したのだ。

午後二時から閉店の十時までが須藤の勤務時間だ。途中で休憩が一時間入る。

南に誘われて神楽坂を訪れた翌日、須藤はいつもどおり二時ギリギリに出勤した。

二時はスタッフの入れ替わりの時間だ。社員は二交代制だが、パートやバイトは朝昼夜の三交代制で、須藤のようなフリーターのバイトは、その間をカバーするようなシフトを組まれている。

二時で上がる昼担当のおばちゃんたちが、「須藤くん、今日も遅い」「引き継ぎもあるんだからね」と文句を言いながら帰っていく。引き継ぐことなどろくにないのだが、二時は日によってまだ忙しい時間だ。須藤がもう少し早く出勤すれば、自分たちが楽をできるということなのだろう。

さて、どこのポジションに入るか。

須藤は店内を見回す。客は三分の一程度だが、直前まで混み合っていたようで、返却カウンターには丼《どんぶり》が山のように積まれていた。仕方がない、洗い場か。

やや裏方じみた洗浄スペースに入ろうとすると、ひょいと南が顔を出した。

「おっ、須藤、来ていたのか。もっと大きい声で挨拶しろよな」

「すんません」

髪型について何か言われるかと思ったが、バンダナを被っていて頭は見えない。

そのまま洗い場に入ろうとすると、南に「こっち、こっち」とカウンターを示された。

「今日は朝からずっとお客さんが切れないんだ。こういう日は、この後またどっと来るから、今のうちに立て直したい。お前、オーダーのほうを頼むわ」

どうやら溜《た》まった洗い物は南が片付けるつもりらしい。

南は腕まくりをすると、「よっしゃ！」と気合を入れて洗い場に戻った。

シンクに浸《つ》け込まれた丼を次々に食洗器に入れ、その間に返却カウンターの丼やグラスを下げる。次には洗い上がったグラスのラックを積み上げ、食洗器が止まったとたん、洗い上がった丼を棚に重ねていく。南の動きは一時も止まることがない。

それだけでなく、店を出入りする客の一人一人に、「いらっしゃいませ」「ありがとっした」「またお待ちしています」と威勢のよい声を掛けている。高齢の男性客が、「あんたの接客は気持ちがいいねぇ」と声を掛けると、南はひときわ大きな声で「ありがとっした！」と答えた。

その様子を、須藤は感心といら立ちの入り混じった複雑な気持ちで眺めていた。

手が空いていると思われたのか、南から顎で客席を示される。

いつの間にか、ほとんど客がいなくなっていた。

「もう、ちょっとは察しろよ。オーダーがないなら、今のうちにカウンターを拭《ふ》いてくる。ちょっとでも濡れていたり、つゆが跳ねていたりしたら気分悪いだろ？」

「うす」

言われたままにダスターを持ち、客席側に回り込んだ。

確かにお冷グラスの底の跡や、飛び散ったそばつゆがいたるところに残っていた。

そこで気が付いた。

昨日までは洗い物をしたり、天ぷらの揚げ置きをしたりと、裏方の仕事ばかりをやらされていた。注文品を作ることもできるが、めったに表側に立つことはなかった。

つまり散髪に行ったから、南は須藤を客から見える場所に出したのだ。

客席側のカウンターをすべて拭き終え、調理場に戻った。

南はすっかり洗い物を終えていた。驚くべきスピードだ。須藤ならとても終わらない。いや、終わらせようなどと思わず、ダラダラと洗い場で時間を浪費する。

「早いっすね」

思わず呟くと、南はニカッと笑ってVサインを出した。

「店長、帰らないんすか」

本来なら早番の南も二時で上がりだ。けれどいつも四時くらいまで店に残っている。

ここで南が帰れば、店には須藤とパートのじいさんの二人だけになる。四時にはじいさんと交代でベテランのおばちゃんが来るから、それまで心配で帰れないのだろう。

この店には社員がもう一人いるが、入社二年目のこちらはもっぱら二時から出勤する遅番の担当で、今日は休みだった。

ただでさえ南とはすれ違いなのに、お互いの休日があるから社員同士が一緒に働くことはほとんどない。そこで重要となるのは、須藤のような昼から夜まで働けるバイトの存在だ。しかし意欲に欠ける須藤では、南も安心して任せられないのだろう。

しかしいつまでもそう思われているのも頭にくる。一応オーダーをこなすこともできるのだ。

「店長。大丈夫ですって。いつも眠いって言っているじゃないすか」

口癖のような南の「眠い」も、早番のおじちゃん、おばちゃんを和ませるための方便に過ぎない気もするが。

「う〜ん」

気のない返事が返ってきた。

「まぁ、オーダーは須藤に任せるけど、俺もやりたいことがあってさ」

どれだけ職場が好きなんだろうか。須藤には信じられない。

「何すか、やりたいことって。これ以上、まだ働くんすか」

「新メニュー、始めたいと思って」

「新メニュー？」

須藤の声が裏返った。

この店はチェーン店だ。都内の主要ターミナル駅内だけとはいえ五店舗あり、メニューは全店共通。季節ごとにおすすめメニューが追加されるが、ほぼかき揚げ天ぷらの具の変更で、春は桜海老《さくらえび》、夏は枝豆、秋はキノコ、冬は春菊《しゅんぎく》と、すっかりパターン化されている。面白みは感じられないが、須藤はそういうものだと思っていた。

しかし、南は違ったようだ。

「決められたメニューだけだとつまらないじゃん。新しいことやりたくない？　例えば」

南は入口の向こうを指さした。駅のコンコースの人通りは多いが、この時間帯は誰も飲食店など見向きもしない。

「通路の反対側に同じ系列のカレースタンドがある。ルーをちょっと拝借して、カレー蕎麦にカレーうどん、ウチは天丼やカツ丼もあるんだから、いっそカレーライスをやってもいい。カツカレーだってできる」

「メニューが増えたら手間もかかるじゃないすか。それに、カレースタンドの店長に怒られますよ」

「同じ会社なんだからグループで見たら一緒だろ？　もっと広い視野を持てよ。この店、常連さんが多いだろ、どうせならいろんなメニューでお客さんを喜ばせてあげたいんだ。まぁ、カレーは一例だけどな」

一例と言うことは、まだ他にもアイディアがあるということか。

「たかが立ち食い蕎麦じゃないですか」

須藤が呆れると、南はギロリと睨《にら》んだ。

「たかが？　須藤にとっては、手を抜いても時間をつぶすだけで時給をもらえるバイトかもしれないけど、俺にとっては立派な仕事なんだよ」

棘《とげ》のある言い方でずいっと詰め寄られ、須藤は思わず身を反らした。

「前から一度話したいと思っていたんだよね。お前とはさ」

何か地雷を踏んでしまったらしい。

いつもとは違う厳しい南の顔つきに須藤はひるんだ。面倒なことはごめんだ。

「話ならいつもしてるじゃないすか。ほら、昨日だってカレー屋で」

「違う。仕事の話だよ」

ああ、きっとこういうところなのだ。南が店長に選ばれたのは。

普段はへらへらしているくせに、仕事だけはやたらと真面目《まじめ》で早い。だからパートのおじちゃんおばちゃんにも可愛《かわい》がられ、頼りにされる。

でも、馴《な》れ合うだけではしまりのない職場になる。ピークタイムの南はテキパキと指示を出して、おじちゃんおばちゃんを引っ張っている。だからますます信頼されるのだ。

南と須藤では圧倒的に人間の器が違う。たとえ自分が社員で、店長を命じられたとしても、絶対に南のようにできないだろう。

南はじっと須藤を睨んでいる。須藤の心拍数が上がる。年下の南に怯《おび》えているのだ。

「え？　何を話すんすか」

背中に冷たい汗が伝わるのを感じながら、わざととぼけた口調で言った。

「須藤サン」

南の口調は厳しいままだ。普段は呼び捨てのくせに、こういう時だけ年上扱いして、さらにバカにするのか。

「須藤サンは、これからこの店でどうしたいの？　もう三十代でしょ、いつまでもここにいていいの？　そのうちまた別のバイトを探すつもり？」

先のことなどまったく考えていない。

そろそろここも潮時か。

居づらくなると、注意される前にするりと身をかわすように辞めてきた。

ちょっとタイミングが遅かった。南が若かったから侮ってしまったのだ。

「須藤サン、年下の俺にこんなこと言われて気分悪いと思うんだけど、俺、ずっと須藤サンを見てイライラしていたの」

そりゃそうだろう。南なら十五分で終わる仕事が、須藤ではいつまで経《た》っても終わらない。常に全力で働いている南が面白くないのも当然だ。

「須藤サン、真面目に働こうって思っていないでしょ。それって、稼ぐことに真剣じゃないからすよ。だからますますイライラするんだ。いい年して、親のスネをかじってんじゃねぇよ」

「は？」

「あんたの事情は知らないけどさ、じゃあ、須藤サンは知っているの？　東京のアパートの家賃がいくらか、一か月分の食費や水道光熱費がどれくらいか。あとさぁ、考えたことある？　バイト代はお客さんが食べた蕎麦から出ているって。俺たちが作るせいぜい一杯四百円ちょっとの蕎麦だぜ？　気が遠くなるような話だろ？　それなのに須藤さんはお客さんを不快な気持ちにして、おまけにスタッフの士気まで下げている」

「まさか」

「常連さんに言われたことがあるんだよ。あの人に蕎麦を作らせないでくれって。その時の須藤サン、制服も油で汚れて汚かった。注意しなかった俺の責任なんだけど、すっげぇ、恥ずかしくて、お客さんに申し訳なくて、一緒にカウンターにいたおばちゃんとしばらく落ち込んだよ」

「そんな」

「須藤サンにとってはさ、ここはいるだけでお金がもらえる場所なんだろ？　だから忙しいより楽なほうがいい。まぁ、金に困っていなきゃそうなるよな。一度親元を離れてみないと気付かないことだ。つまり真剣に働いて得られる充実感ってのも知らないわけだ」

　すべて図星だったから須藤は傷ついた。

傷つきたくないから今まではこうなる前に逃げて来たのに、南という男はやっぱり一筋縄ではいかなかった。

「すんません、俺、辞めればいいっすか」

最後くらいは顔を上げて南を見返した。

「逃げんなよ」

「え」

「辞めろって話じゃない。もっと真剣に働けって言ってんの」

「辞めなくていいんすか」

突然、南は「ああ～～」と声を上げて頭を掻《か》きむしった。

「ホントお前はイライラする！　だいたい俺にこんな真面目な話、させんなよ！　俺、勢いだけで付いてくる奴しか相手にしたことないんだ。お前みたいなのはハッキリ言って苦手なんだよ」

「は？」

「せっかくこの店で働いているんだろ。俺はお前にもっと戦力になって欲しいんだ。分かるだろ？　社員は二人きり、早番と遅番ですれ違いだ。間を取り持ってくれるスタッフと言えばお前しかいないんだってば」

「でも俺、バイトっすよ。しかも週に四回だけの」

「だから、もっと自分の仕事に、いや、人生に責任を持てよ。まずは仕事に向き合えって言っているの。ここで辞めたらどこに行っても同じことの繰り返しだぜ？　それでいいのか」

須藤は黙り込む。南がなぜこれほど熱くなっているのかは知らないが、須藤だって時々考えるのだ。最近、親の白髪《しらが》が増えた。いつまでもこのまま甘えていられるわけではないと。

「だからここで頑張れ。新しい仕事を探すよりよっぽど楽だろ？　真面目にやって、仕事を任されるようになれよ」

「うまいこと言って、俺を丸め込もうとしているんでしょう。この前のカレーだって……」

どうせ店長など店のことしか考えていない。

「本気だってば。俺、毎日かなり本気で生きているの。覚えているか？　須藤サンを面接したのは俺だぜ？　あの時お前、頑張りますって言ったよな。俺、パートのおじちゃんおばちゃんに囲まれてっから、そんなに年の変わらないお前が来て嬉しかったんだよ。一緒に頑張ろうって俺も思ったんだ。ガッカリさせんなよ」

あれは面接の方便だ。まさかこの男は、それを本気で受け取ったというのか。なんという単純な男なのだ。

須藤は呆れた。しかし、やっぱり南は面白いと思った。

「でも、俺、疲れるの嫌っす」

「だからぁ、それを直せって言ってんの！」

須藤は気付いていた。南の口調が和らいでいることに。そして、こういう南とのやり取りが嫌でないことも。

「まずは全力で働いて、俺みたいにカレーを食って、うまい！　今日もよく頑張ったって思え。いいか、それが真剣に働いて得た充実感ってやつだ。俺の場合、そこに激辛を制覇したっていう満足感も加わるから充実感は半端ない。みのりさんたちの前で男ぶりも上がるしな」

「意味が分かりません」

「分からないはずないだろ。お前も昨日、あの店のカレーを食べた。うまかっただろ？　疲れている時に食えば最高に沁《し》みる。辛いカレー食って、汗かいて、その日のイライラや疲れを全部出し尽くして、スッキリすれば夜もよく眠れる」

こんな力説してまで、南は自分をここで働かせようとしているのだろうか。店の戦力になるように？

「……俺、よく眠れたことなんてないっす」

「眠りたいだろ？」

「……うす」

「だから全力で仕事しろって言っているの。まずは何も考えず、疲れるまでひたすら働いてみろ」

なんでこんな俺相手に、南はこれほど真剣になれるのだろう。仕事の時も、カレーを食べる時も、ダメなスタッフに向き合う時も南はいつも全力だ。本当にその力はどこから湧《わ》いてくるのか。

変な男だ。やっぱり南のことが分からない。でも今、はっきりしたことがひとつだけある。南は須藤にとってこうありたいと願った存在そのものだった。

「……俺、辞めません」

つい、言ってしまった。

南が羨ましかった。たとえおじちゃん、おばちゃんでも、信頼される仲間に囲まれてリーダーシップを発揮する南が。自分の今いる場所に誇りを持って全力で打ち込める南が羨ましくてたまらない。須藤だって昔からこんなふうになりたかったのだ。だけど、なる方法を誰も教えてくれなかった。今の南以外は。

だから、もう少し観察したい。俺を驚かせ、楽しませてほしい。

「本気だな?」

「本気っす」

このチャンスを逃したらもう自分には後がない。はっきりとそう思った。

不意に手が伸びて、南は須藤のバンダナキャップを取り上げた。

「頭、カッコいいじゃん。っていうか、俺のマネしただろ」

「うす」

「背中、もっと伸ばせ。あ、でもそれだと俺より背が高くなるな、まぁ、いっか」

「うす」

背中を伸ばすと、南が満足そうに頷いた。

「次はシフトだな。まずは週五。いっそ契約社員になるか？　そうすればわりと簡単に社員になれる。この会社、いつも人材不足だからな」

そこで須藤はハッとした。

「もしかして、俺、丸め込まれちゃいました？」

「バレたか」

南がへらへら笑った。こういう時は嘘《うそ》を言ってほしい。

でも、ますます面白いではないか。

「俺、店長のこと嫌いじゃないっす」

「俺だって嫌ってなんかねぇよ。そうでなきゃ、一緒にカレーなんて食わないって」

それもそうだ。須藤は自分の中で何かが変わろうとしているのを感じていた。

南の言う通り契約社員にでもなって、実家を出てみるのもいいかもしれない。

ようやく須藤も目標らしきものの端っこを摑《つか》めた気がした。

3

七月の半ばにようやく梅雨が明け、神楽坂の路地にも明るい光が降り注いでいた。

引き戸を開けると、昨日までの重くよどんだ空気とは違う爽《さわ》やかな空気が入り込んできて、みのりは大きく息を吸い込んだ。

「ああ、いい気持ち。日差しは強いけど、風があるからジメジメしていない。いよいよ夏本番だぁ」

「本当に気持ちがいい」

厨房からゆたかも出てきて、並んで路地に顔を出す。

ランチタイムが終わり、洗い物も一段落ついたのだ。

見れば、二軒隣りの蕎麦屋、『手打ち蕎麦　坂上』もちょうど暖簾《のれん》をしまうところらしく、ひょっこり出て来た女将《おかみ》さんと目が合った。

「こんにちは！　やっと梅雨が明けましたね」

「ええ。何だか今年の梅雨は長かったものねぇ。ようやくお客さんが来るって、大将もホッとしているわ」

「路面店はどうしても天気に左右されますからね。神楽坂散策の観光客も雨ではサッパリですもの」

みのりは心から同意して大きく頷く。

「そうだわ。今度いらっしゃいよ。ウチも夏向けのメニューを始めたの。今回はお蕎麦だけじゃなくて、『一品料理』にも手を加えたのよ」

女将さんが嬉しそうに誘った。

「もしかして」

みのりとゆたかは視線を交わす。

「揚げ出し豆腐ですか？」

「あらっ、どうして分かったの？」

目を丸くする女将さんに、みのりは先日池田豆腐店の店主から聞いたことを打ち明けた。

「本当に美味しいお豆腐よね。大将もすっかり気に入っちゃって、冷奴と豆腐田楽も始めたのよ。来月は湯葉を載せたお蕎麦もやりたいって、何度も試作しているわ」

「うわぁ、美味しそう。ぜひ伺います」

みのりは相好を崩す。

「女将さん、実は『スパイス・ボックス』も新しいメニューを始めたんです」

「まぁ、じゃあ、ぜひお邪魔しないとね。今度はどんなお料理？」

女将さんは目を輝かせた。いったい何を出すのかと、元来食べ歩きが趣味の彼女は興味津々である。

「麻婆豆腐《マーボーどうふ》です」

「もしかして、池田さんの？」

まんまと言い当てられ、みのりは頭を掻く。

「スンドゥブで池田豆腐店さんの豆腐を使って以来、すっかりファンになってしまって。今月からアジア料理フェアをやっているんですけど、期間限定でどうしても麻婆豆腐をやりたいって姉が」

「麻婆豆腐、大好物なんです」

嬉しそうにゆたかが言う。

「おいおい、豆腐対決かよ」

軒先の賑やかな声を聞きつけて、店の奥から大将の長嶺猛が出てきた。

「いや、別に対決というわけでは……」

みのりが慌てて手を振ると、ゆたかがにっこり微笑んだ。

「池田さんに食べ比べていただきましょうか」

全員がぎょっとしたのにも気づかず、ゆたかはにこにこと笑っている。

みのりはやれやれと首を振った。

お互いの定休日にそれぞれ食事に行くという約束を交わし、姉妹は店に戻った。

「大将、今日も元気だったねぇ」

「いつの間に新メニューを始めたのかしらね」

「きっとウチと同じで、梅雨の間はお客さんがさっぱり来なくて、いくらでも試作の時間があったのよ」

「そういうことね」

姉妹の笑い声が揃う。上機嫌の理由は、今日のランチタイムからメニューに追加した麻婆豆腐が大好評だったからだ。予想はしていたが、普段とは違うメニューに注文が集中したのだ。

「お姉ちゃん、相当辛くしたんでしょ。お客さん、びっくりしていたもの」

「ちゃんと普段から激辛メニューを注文するお客さんにおすすめしてってお願いしたでしょう？　だってこれからはいよいよ夏本番！　辛い料理は発汗を促して、体温を調整してくれるからね」

ゆたかは厨房に入ると、カウンターから身を乗り出した。

「さて、お昼の賄い、私たちも麻婆豆腐にする？」

「辛さ控えめでお願いします……」

午後五時、ディナータイムが始まると同時にガラガラと引き戸が開いた。

この時間に入ってくる客は決まっている。

「いらっしゃいませ！」と、みのりは弾んだ声を上げた。

予想通り入ってきたのは「エキナカ青年」こと南だった。

「お邪魔します。やっと梅雨が明けましたねぇ」

「そうなの。おかげで今日のお昼は久しぶりに忙しかったわ」

「ウチは今ひとつかなぁ。エキナカって、天気が悪いほうが忙しいんすよ。ほら、みんな、外で食べる店を探すのが億劫《おっくう》だから」

「ああ、なるほどねぇ、あら」

玄関先で話に花を咲かせてしまったが、後ろには連れがいた。立ち食い蕎麦屋のアルバイト店員、須藤だった。

「俺、お邪魔ですかね」

「とんでもない。今日もお休み？」

さっさとカウンター席に座った南はニヤニヤしている。

「実はね、みのりさん。今日はこいつから誘ってきたんです。この前の店に連れて行けって」

「えっ、本当？」

てっきりもう二度と来ないものと思っていた。カレーは無理やり食べた様子だったし、何よりも好き嫌いが多くて難しい客だ。

須藤はうつむいて、恥ずかしそうに言った。

「無性に激辛カレーが食べたくなったんす。俺も汗びっしょりになりながら、全力で食べてみたいんすよ」

みのりもゆたかも困惑して顔を見合わせた。

「エキナカ青年」がたまりかねて笑い出した。

「こいつの言うこと、訳が分からないっすよね。ようは俺への憧《あこが》れっす。激辛カレーをかき込む俺がカッコいいみたいっすよ」

「へぇ。どういう心境の変化？　ところでお腹の調子は大丈夫だったんですか」

「俺の腹具合なんてどうでもいいんす」

須藤は真面目な顔で答えた。何やら以前来た時よりもすっきりして見える。

「じゃあ、二人ともマトンカレーの激辛ですね。でも残念。実は今日から新しい激辛メニューを始めたんです」

「えっ、何すか」

「麻婆豆腐です」

「麻婆豆腐！　スンドゥブの時も驚いたけど、今回は中華ときたかぁ。でも俺、やっぱりマトンカレーが食べたいなぁ」

「スンドゥブをおすすめした時も、結局マトンカレーでしたもんね」

ゆたかが笑った。

その時、須藤が勢いよく手を上げた。

「じゃあ、俺がその激辛麻婆豆腐に挑戦します。俺、店長みたいに保守的な人間とは違いますから」

「は？　俺が保守的？　よく言うよ」

南が吹き出した。何だろう、前回は須藤に対しどこかしらけた様子だった南が、今日は心から楽しそうに笑っている。

「ええと、南くんはマトンカレーでいいの？」

「俺はいつだって初志貫徹です」

みのりが注文を通して戻ってくると、須藤が訊ねた。

「店員さん。マトンカレーと麻婆豆腐、どっちが辛いですか。正直に言ってください」

みのりは少し考えた。難しい質問だ。

「どちらも辛いです。本当に激辛。でも辛さの質が違うんです。料理がきたら、ぜひ食べ比べてみてください」

「辛さの質？」

カウンターの二人は首を傾げた。

ほどなくして料理が出来上がった。

お互いの料理が気になるようで、厳しい目つきで探り合う様子が何とも面白い。

「俺、分かりました。ゆたかさん」

「エキナカ青年」がにんまりと笑った。

「見ただけで？」

「見た目じゃありません。においです」

二人の料理からは勢いよく湯気が上がっている。香りを吸い込むように、「エキナカ青年」は空中で手のひらを動かし、自分のほうに空気を送った。

「たぶん、南くんは正解です。さぁ、熱々のうちに召し上がれ」

「熱々のうちが、ますます辛いんだよなぁ」

二人は笑いながら文句を言い、「いただきます」と声を揃えた。

みのりは須藤が心配で、さりげなく様子を窺《うかが》った。

須藤はすくった麻婆豆腐に何度か息を吹きかけたのち、すするように口に入れて、ハフハフと空気を漏らす。すぐに「ううう」と呻《うめ》いた。

「な、なんすか、これ。この前のカレーの辛さとは全然違う。か、辛い」

ゆたかがにっこりと微笑んだ。

「麻婆豆腐はトウガラシの他に山椒《さんしょう》を効かせました」

「エキナカ青年」がガッツポーズをする。

「俺、当たり！　においですぐ気づいたけど、お前は食べるまで分からなかったの？」

「分かりませんって。ちょっと店員さん、本当に店長のマトンカレーとどっちが辛いんすか。絶対、こっちのほうが辛いに決まっている」

須藤は涙目になりながら、お冷を飲み干した。額には玉のような汗が浮いている。

それでも夢中になってかき込んでいるから、どうやら口に合ったようだ。

「そう言うと思って、ちゃんと用意しました。味見程度の量ですけど」

ゆたかは、マトンカレーの入った小鉢を須藤に、麻婆豆腐の入った小鉢を南に渡した。

「いいんすか」

「やった」

「どうぞ遠慮なく。他にお客さんもいませんから」

さっそく「エキナカ青年」が、好奇心に満ちた表情で麻婆豆腐を口に運んだ。

ひと口食べると、「辛い！」と大げさにのけぞった。

「ね。辛いでしょう」

須藤は額の汗を拭《ぬぐ》いながら、水を飲み干す南に同情のまなざしを向けた。

「何だ、これ。マトンカレーも辛いけど、こっちはまた違う辛さだ。何というか、口の中がビリビリする……」

「そうなんすよ。俺も舌が痺《しび》れています」

「おい、お前もマトンカレー、食べてみろよ。どっちが辛い？」

「いや、今、口の中が大変なことになっていて、とてもカレーなんて食えないっす」

二人のやり取りにみのりは吹き出した。

「お姉ちゃん、説明してあげてよ」

ゆたかがにっこり笑って前に出た。

「同じ激辛でも、辛さのタイプが違うんです。マトンカレーはトウガラシのチリパウダー、麻婆豆腐は山椒です。厳密には他の香辛料も混ざっていますけどね。どちらも後からジワジワと辛味を感じるホット系の辛さなのですが、含まれる辛味成分が違います」

「辛味成分？」

「ええ。トウガラシは主にカプサイシン、山椒は主にサンショオール。こちらはシャープ系に近い感じ方で、舌が麻痺《まひ》して痺れることで辛いと認識するんです。山椒は風味がよいので、薬味としてもよく知られていますよね」

「ああ、鰻《うなぎ》っすね」

同じ激辛でもいつもとは違うから「エキナカ青年」はあれほど驚いたのだ。

「辛さにもホント色々あるんだなぁ……」

しかし、辛さはある程度食べると慣れてくる。落ち着きを取り戻した須藤は、改めて麻婆豆腐を味わった。

「こんなに辛い麻婆豆腐は初めてです。でも、うまい。辛いから豆腐の甘みをいっそう感じるというか……。それに、ライスによく合います」

ゆたかはうふふと嬉しそうだ。

「こだわりの麻婆豆腐なんです。豆腐は濃い豆乳を使った絹ごし豆腐、合挽《あいび》き肉とネギもたっぷりにして、わざと食感を残しました。そこに決め手のスパイスです。山椒をメインに、トウガラシ、花椒《かしょう》、豆板醬《トウバンジャン》、甜麵醬《テンメンジャン》。様々な香辛料を組み合わせて味に深みを持たせるのは、インド料理にも通じる気がして、何だかワクワクしちゃいました」

おおかたワクワクしすぎて激辛にしてしまったのだろうと思ったが、みのりは黙っている。

「そういえばお姉ちゃん、最初に油に山椒を入れて香りを引き出していたね」

「そう。インド料理のテンパリングと同じ要領。スパイスの成分は、脂溶性のものが多いからやってみたの」

「へぇ。この麻婆豆腐も一筋縄じゃいかない味ですもんね。俺、ここのマトンカレーが好きなのは、濃厚な味がすっかり癖になったからなんすよ。店じゃないと食べられない味ってあるじゃないすか」

なんとも嬉しいことを言ってくれるではないか。

ゆたかも大喜びで言った。

「私、麻婆豆腐を試作している時に気づいたんです。豆腐が入っているけど、キーマカレーを作っているのとあんまり変わらないなって」

「なるほど！　香辛料は違うけど、挽肉《ひきにく》もたっぷりだし同じような料理だ」

ゆたかと「エキナカ青年」が意気投合し、みのりは呆れて呟いた。

「お姉ちゃんは何でもカレーを基準にするんだから……」

文句を言ったみのりは、横目で黙々と麻婆豆腐を食べている須藤を見てハッとした。汗に濡れた前髪はかき上げられ、むき出しになった白い額を一筋の汗が伝っている。

「須藤くんって、もしかしてカッコいいかも……」

これには全員が吹き出した。

爆笑した「エキナカ青年」が、涙を拭いながら言う。

「こいつ、この前連れてきた時と全然違うでしょ。色々あって、やる気を出してくれたんすよ。まぁ、変えたのは俺なんすけど」

「面倒見がいいなぁ、南くんは」

「そうでなきゃ、むさくるしい男を連れて来ませんって。俺、こう見えても店長なので、ちゃんとスタッフのことも考えているんす」

南が胸を張ると、ゆたかまで「私も須藤さんのことが気になっていたんです」などと言い出した。

「お腹を壊さなかったかなとか、顔色も冴《さ》えなかったから、この店に通ってくれたら、美味しい料理をたくさん食べさせてあげるのになぁとか。ふふ、スパイスには、体を整える様々な効果がありますからね」

「え？」

「トウガラシって、発汗を促すことはよく知られていますが、薬膳《やくぜん》ではその作用で、体の中の悪い気を取り除くとも考えられています」

なぜか南と須藤はハッとしたように顔を見合わせた。

「俺、あの時、悪い気を取り除かれたのかな……」

須藤がポツンと呟く。

「な？　だから言っただろう、俺がいつも仕事の後にここの激辛カレーを食べて、スッキリしているって」

「まぁ、そうなの？」

「本当のことですもん。そうでなきゃ、二十六歳の健康な男が、毎朝始発出勤、夜も九時には就寝って、あまりにも寂しすぎるじゃないっすか。『スパイス・ボックス』は、俺の唯一の癒しなんです！」

「店長、それ、あまりにも虚《むな》しい告白っすよ。プライベートでは俺と大差ないじゃないすか」

「お前と一緒にするな」

カウンターは明るい笑いに包まれた。

しばらく舌を休ませてからマトンカレーを味見した須藤は、「からっ！」と叫び、「店長、いつもこんなの食べていたんすか」とまじまじと南の顔を見た。

「いや、お前だって、あの麻婆豆腐を完食したなら相当イケるクチだと思うけど？」

「じゃあ、次は勝負します？」

「望むところよ」

不敵に笑い合ったものの、二人とも首筋まで汗びっしょりだ。

今日はやけに「対決」や「勝負」といった言葉に縁があるなぁと、みのりは内心でため息をつく。けれど楽しい。

「さぁ、さぁ、お二人とも、まだまだ口の中の辛さが収まらないんじゃありませんか？特製デザートを用意しました」

厨房からゆたかが出て来て、カウンターに器を並べた。

「豆花《トウファ》だ」

「そう、豆花、豆乳を固めて作ったデザートです。お店によってトッピングは様々ですけど、ウチはあくまでもシンプル。ビタミンC豊富なマンゴーと、夏バテ防止に緑豆。赤い実はクコの実です。これなら、須藤さんも召し上がれるんじゃないかと思って」

ゆたかも、須藤は乳製品が苦手なことを覚えていたらしい。

「……なんか、沁みますね、この店」

不意に須藤が言った。

「俺、店長が頑張っている理由、分かった気がします」

「今さらかよ」

「店長もここのスタッフさんみたいに、いつも客のために一生懸命ですもんね。こんな店に通っていたら嫌でもそうなります。この前連れて行ってくれた床屋もそうです。すごいスピードで客をさばきながら、絶対に手を抜かなかった。一人一人の客とちゃんと対話しながら、希望通りの髪型に仕上げていました」

まさか床屋にまで連れて行ったのかと、みのりは驚いた。やけに須藤がさっぱりしているわけだ。

「そりゃそうだろ。プロなんだから」

「プロ」

「ちゃんと仕事しているってことは、そういうことなんだよ。そこには責任が付いてくる」

「……今からでもなれますかね、俺、ずいぶん時間を無駄にしたからなぁ」

「その時間があったから、今、こうしてやる気になったわけだろ。人生に無駄なものなんてひとつもねぇんだよ」

みのりは南を見直した。いつもへらへらと笑い、弟のように思っていた「エキナカ青年」がやけに頼もしく見える。

豆花を食べ終わった二人は席を立った。

「須藤くん、またぜひいらしてくださいね。実はクラフトコーラも開発中なんです。南くんにアドバイスをもらって、ウチでもやってみようかなって」

「マジっすか」

南は飄々とした顔で、「今日は割り勘な」と、自分の分だけ支払った。

路地に出ると、夕時の生ぬるい風が体に纏わりついた。

「俺たち、汗だくだし、ちょっと銭湯にでも寄って帰るか?」

「もしかして、その銭湯も行きつけっすか?」

「まぁな」

「ご一緒します」

すぐさま頷いた須藤に姉妹は吹き出した。

　コンビニでタオルを買って銭湯に向かうという二人を見送り、姉妹はカウンターを片付けた。どちらもきれいに完食されている。

「何だかんだ言って、仲がいいじゃないの」

「きっと、『エキナカ青年』が変えたのよ。須藤くんの目、前よりもずっと澄んでいたでしょう」

「眩しそうに『エキナカ青年』を見ていたね」

「すっかり影響を受けちゃったのね。人生でそう何度もそういう人に出会えるわけじゃないわ」

「お姉ちゃんにとっての柾さんみたいだね」

　ゆたかは静かに微笑んだ。

第三話　真夏のトムヤンクンと美女の特別レシピ

1

朝から日差しが強い。路地のアスファルトは太陽の光を跳ね返し、すりガラス越しに木造家屋の中までじりじりと熱している。

「今日も暑いね。毎日少しずつ気温が上がっている気がする」

「暑いってことは、忙しくなるわよ」

「うん、そういうことだ」

みのりは気合を入れてモップの柄を握った。

都内は連日三十五度を超える気温を記録し、うだるような暑さが続いている。梅雨時はあれほど客数が落ち込んだというのに、夏本番となったとたんに『スパイス・ボックス』はにわかに忙しくなった。

七月の初めから始めたアジア料理フェアが絶好調で、もともとランチタイムの主力メニューだった、グリーンカレーやパッタイ、ガパオライスやトムヤンクンヌードルに飛ぶように注文が入る。

思えば、昨年夏の終わりに『スパイス・ボックス』がオープンした時も、まずは人気のあるエスニック料理で集客に繋《つな》げようとしたのだった。季節は巡り、今、再び開店当初のメニューでフェアを行っていることが感慨深い。

やはり夏はスパイス料理である。

ランチタイムになると、会社員が店の外まで列を作る。

古民家の軒先は短く、日陰のない壁に沿って並んでくれるのはありがたいが、真っ赤《まか》な顔で汗を拭《ぬぐ》う客を見るたびにいたたまれない思いになる。

あまりにも申し訳ないので、軒下にハーブウォーターのピッチャーと紙コップを置くようになったが、これも最近ではすっかり評判になっていた。

エキゾチックな香りに満ちたランチタイムの賑《にぎ》わいは、まさに東南アジアの市場もかくやという雰囲気を醸し出している。

早い時には十一時を過ぎると第一陣が来店する。近隣の会社員たちはすっかり昼時の混雑を知っているので、こういう常連客も少なくない。

今日も開店して十五分も経《た》たないうちに二人組がやってきた。神楽坂《かぐらざか》通りの不動産会社のパート従業員らしい。

「ああ、お店の中は涼しい～。やっぱりこの時間がいいよねぇ。今日はパッタイ」

「私は今日もグリーンカレー」

「えっ、二日連続じゃない」

そんなやりとりもしばしばである。みのりも一緒に笑いながら、親しげな二人組の注文を受ける。しかし、そんな余裕も最初だけで、十一時半を回ると次々に客が来店し、あっという間に満席になってしまう。

最近よく見かけるようになったスーツ姿の四人組を案内すると、テーブル席は満席となった。以前は見なかった顔だから、路地に出したアジア料理フェアのメニューボードをきっかけに訪れるようになったに違いない。

彼らは毎回フェアのメニューを注文し、多い時には週に三度も来店するから、みのりもすっかり覚えてしまった。

「いらっしゃいませ。いつもありがとうございます」

みのりは満面の笑みでお冷のグラスをそれぞれの前に置いた。

つい視線がいってしまうのは、四人の中にいるただ一人の女性客だ。しかもとびきりの美人である。小さな頭、透き通るような白い肌につややかな黒髪。体つきも華奢《きゃしゃ》で、いつも連れの男性陣に埋もれるように座っている。もしかしたら彼女を巡っての色恋沙汰《ざた》もあるのではないかと、みのりはうっすらと勘繰っている。

「注文、いいですか」

いつも手を挙げるのは、リーダー格の男性だ。

「俺、トムヤンクンヌードルに半ライス。あ、お前も？　じゃあ、トムヤンクンヌードルと半ライスをふたつ、それからグリーンカレー」

ランチタイムは、めいめいに注文されるのが普通である。四人組となると注文を取るのも手間取るのだが、このグループは彼が取りまとめてくれるからありがたい。

最後は決まって女性の注文が残る。リーダー格は彼女の顔を覗《のぞ》き込み、「何にする？」と優しく訊《たず》ねるのだ。

そう、彼女だけはいつも自分で注文を伝える。

みのりはいつしか彼女を「紅一点」と呼んでいた。さぁ、今日の「紅一点」はいったい何を選ぶのか。ペンを握る指に思わず力が入る。

「イエローカレーをお願いします」

鈴を転がすような声。そう来たか。

「かしこまりました」

みのりはにこっと笑って厨房《ちゅうぼう》へ向かう。混雑するランチタイムは、カウンターの外から注文を通すのだが、彼らの分だけは直接ゆたかに伝えに行く。

「お姉ちゃん、イエローカレーだった」

「了解。じゃあ、ココナッツミルクを多めにするわね」

「お願いします」

あの四人組が初めて来店した時のことだ。注文はリーダー格が取りまとめてくれたが、会計は一人ずつ支払った。

その時、最後に残ったのが「紅一点」だった。彼女は先に路地に出た同僚たちを窺《うかが》いながら、そっとみのりに伝えたのだ。

「次回から、私の料理は辛くしないでください」と。

要望はそれだけではなかった。

必ずご飯物を頼むのでライスは半分にすること。

ニンニクやネギ、においのする材料は使わないようにすること。

何とも注文の多い客である。しかし男性客に囲まれ、しかも小柄な彼女ならば仕方ないことかもしれないと思い、みのりは了承した。

幸いなことに目立つ容姿だったから、その日からすっかり彼女のことを覚えてしまった。おかげで面倒な要望を忘れることもなかった。

「最近しょっちゅう来てくれるけど、あの人、本当はアジア料理が苦手なんじゃないかな。同僚に誘われて仕方なく来ているんだよ」

みのりがこっそり言うと、ゆたかは首を振った。

「違うと思うわよ。だってあのお客さん、ちゃんとタイ料理が分かっているもの」

「え？」

「彼女、ここ三回続けてタイのイエローカレーなのよ」

「そう言えばそうね」

アジア料理フェアを始めてから、タイカレーをグリーン、レッド、イエローと三種類そろえている。

普段の『スパイス・ボックス』のメニューでは、タイカレーはグリーンの一種類しか置いていないので、ここぞとばかりにレッドカレーやイエローカレーを注文し、食べ比べを楽しむ客も多い。しかし、その中でも圧倒的な人気は、やはりよく知られたグリーンカレーで、「紅一点」のグループでも決まってグリーンカレーを注文する同僚がいる。

ゆたかは注文の料理を調理しながら続けた。

「タイカレーの色の違いは、ベースになる食材の違いだというのは分かるわね？　グリーンカレーはパクチーなど緑のハーブ野菜と青トウガラシ、レッドカレーは赤トウガラシ、イエローカレーはターメリックを加えるから黄色くなる。辛味はレッドカレーと同じトウガラシだけどイエローにはたっぷりココナッツミルクを加える。つまりイエローカレーは三種類のカレーの中で一番マイルドなのよ。あのお客さんはそれを知った上で毎回イエローカレーを注文していると思うのよ」

「その上、さらに辛くしないでほしいってわけか」

「そういうこと。つまり、タイ料理は好きだけど、辛いのは苦手ってことかしら」

しかも要望はそれだけではない。女友達同士ならともかく、異性の同僚の中で一人だけ細々と要望を伝えるのも気まずいのだろうと思い、みのりは何となく「紅一点」に同情していた。

職場での気の遣い方は、その会社の雰囲気によってかなり差があるに違いない。みのりが働いていた厨書房《くりやしょぼう》の『最新厨房通信』編集部はほぼ個人プレイだったから、あまり他人の目を気にした記憶はない。休憩時間も自分のタイミングで自由に取っていた。

四人組の料理が出来上がると、みのりは二回に分けてテーブルに運んだ。

先にトムヤンクンヌードルを運ぶと、届いた二人はすぐに食べ始めた。さすが、若い男性客の食べ方は豪快だ。勢いよく麵《めん》をすする同僚を、「紅一点」は微笑《ほほえ》みながら見つめていた。

次にイエローカレーとグリーンカレーを運ぶ。

「紅一点」は礼儀正しく手を合わせて「いただきます」と言うと、静かにカレーを食べ始めた。

それにしても、ライス半分で足りるのだろうか。自分が大食いだからか、みのりは時々、小食の人を見ると心配になってしまう。

うっかり「紅一点」を凝視してしまい、たまたま顔を上げた彼女と目が合ってしまった。慌てるみのりに、彼女は何と微笑んでくれるではないか。

これにはみのりまで参ってしまう。やはりあのメンバーの中で、彼女はモテモテに違いない。

食事が終わると、彼女は再び手を合わせて「ご馳走様《ちそうさま》でした」と言った。毎回感心するのは、彼女の皿には米粒ひとつ残っていないことだ。みのりの持論では、食べ方がきれいな異性は好感度が高い。

彼女が食べ終わるのを待って、リーダー格が「じゃあ、行くか」と席を立った。

みのりが彼らの会計を終えてレジから出ると、それを待っていたかのようにカウンター席の客が呟《つぶや》いた。

「なんか、あざといんですよね～」

常連客の恩田真友《おんだまゆ》だ。五月まで神楽坂に本社を構える通販会社で働いていたが、今は退職して求職活動中である。すっかり『スパイス・ボックス』が気に入り、今も飯田橋《いいだばし》のハローワークを訪れるたびに、パクチー山盛りのフォーを食べに来る。

「あざといって?」

「う～ん、なんとも言えないんですけど、ちょっとわざとらしいというか、演じているというか、ようするにぶりっ子ですよ。同僚にチヤホヤされたいんです」

「そうかなぁ。でも、実際にすごくきれいな子よ」

「だからですよ。自分がどう見られているか分かっているから、そういう態度が取れるんです」

真友はどんぶりに残ったスープをかき混ぜながら、物憂げなため息をついた。

「私、女ばっかりの職場で嫌な目にあったから、同性に対して厳しい目を持っているんです。例えばですよ、麗《うらら》の場合、あれは天然です」

「ああ、はい」

真剣な目で見つめられ、みのりは思わず姿勢を正した。

麗とは、銀座の有名フレンチでソムリエをしている真友の友人だ。ちなみに、みのりの元彼の現在の彼女でもあるから、ちょっと関係は複雑である。

確かに麗は天真爛漫《てんしんらんまん》な性格で、男女を問わず誰《だれ》からも好かれるタイプの女性である。

「でも、さっきの人は、わざとか弱い姿を同僚男性の前で見せつけるような振る舞いをしているんです」

「か弱い姿？」

「紅一点」の特別な注文のことを、真友に話した記憶はない。

「いつもライスは半分ですよね。それなのに食べるのはゆっくりで、ふうふう息を吹きかけてからスプーンを口に入れます。そして可愛《かわい》らしく手を合わせる」

「よく見ていますね」

みのりが感心すると、真友は悪びれるふうもなく答えた。

「人の視線を気にしてきたから、私も周りが気になるんですよ。振り返ってテーブル席を眺めるなんてしょっちゅうです。あ、さりげなくやっているので、誰も気づいていないと思いますよ」

「でも、特別なことじゃないでいんじゃないですか。誰だって熱かったらふうふうしますよ」

「いえ、ああいう人がやると打算的なんです。小食をアピールして、か弱いふりをしていますけど、あれは絶対に肉食系ですよ」

「はぁ」

「どこの会社か知りませんが、あの面子《メンツ》からして、仕事では男性に引けをとらずかなりのやり手だと思いますよ。そうだな、雰囲気的には営業職ですかね。だって、彼女がアピールしても、男性陣はチヤホヤしないじゃないですか。一目置いているからです。だから彼女はますます焦る。若く見えますけど、実際はそこまで若くないかもしれません」

「本当に真友さん、よく見ていますね……」

みのりは苦笑するしかない。

真友は今回二度目の転職活動中で、これまで会社の社風や人間関係に恵まれなかっただけに、独自の企業分析スキルを確立している節がある。

「まぁ、色々なお客様がいらっしゃいますから」

「そうですね。きっとこういう場所で働いていると、いろんな人間観察が出来て楽しいでしょうね」

真友はスープを飲み干すと、箸《はし》を置いて「ご馳走様」と手を合わせた。

「ほら、真友さんだっていつも手を合わせるじゃないですか」

真友はわずかに目を見開き、「私のはそういうのとは違いますから」と、そっけなくレジに向かった。


その夜のことだ。

ディナータイムの最初のピークを終え、次のピークに備えてみのりはシンクに溜《た》まったグラスを必死に洗っていた。

生ビールにカクテル、ワイン、そしてソフトドリンク。こう暑いと飲み物の注文が増える。つまりはそれだけ洗い物も増える。

追加注文が入ったビールを運び、片付けたばかりのテーブルに新しい客を案内する。

ふと時計を見ると九時少し前だった。今夜はもう一度満席になりそうで、みのりは心の中でニンマリと笑う。

座敷の客の追加注文を受け、厨房に戻ろうとすると、また玄関の引き戸が開いた。

空いているのはテーブルがひとつとカウンターが二席だ。さぁ、どちらに案内すべきか。

みのりは「いらっしゃいませ」と声を上げながら、玄関に目を向けた。

「あら」

「こんばんは」

入り口に立っていたのは、今日のランチにも来た「紅一点」である。

「お一人ですか？」

「はい」

後ろに男性陣でも連れているのかと思ったが、違ったようだ。

みのりはカウンター席の右端に案内した。四席あるカウンターのうち、左側の二席は女性客が座っている。

「夜は初めていらっしゃいますね」

おしぼりを渡しながら、みのりは話しかけた。真友が「あざとい」などと言うからついつい意識してしまう。

「一人で来たのも初めてです。本当はずっと一人で来たかったの」

「ああ、いつも男性の方と一緒ですもんね。やっぱり色々と気を遣うのではないですか」

みのりの言葉に、「紅一点」は眉《まゆ》をひそめた。

しまった。真友のせいですっかり誤ったイメージを抱いてしまっている。

しかし、すぐに「紅一点」は微笑んだ。「違うの。好きなものが食べられないからよ」

「え？」

「まずはビールをちょうだい。喉《のど》がカラカラなの。そうねぇ、瓶ビールは置いてある？」

何やら昼間の雰囲気と違い、みのりは戸惑った。

やはり同僚の前では猫を被《かぶ》っているのか。

「ええと、瓶ビールなら、アジアの小瓶ビールがあります。いつもはタイのシンハーとシンガポールのタイガー、インドのマハラジャの三種類ですが、アジア料理フェアにちなんで、タイのチャーン、ベトナムのバーバーバーとサイゴン、シンガポールのアンカーも入荷しています」

「どれでもいいわ」

彼女はみのりの説明などまるっきり聞き流した様子で、そっけなく言った。

「かしこまりましたっ」

よほど喉が渇いているのだろうと思い、とりあえず『スパイス・ボックス』で人気のシンハーをグラスと一緒に持っていく。

「グラスはいらない。このままいっちゃうから」

そう言うと、「紅一点」は喉を鳴らしてグビグビとビールを飲み干してしまった。

「ああ〜、最高」

ぷはぁと息をつく姿は、まるで仕事帰りのオッサンである。

「今日も暑かったですからね」

「今日もじゃなくて、毎日よ。注文するわね。いい？」

「あっ、はい。どうぞ」

「青パパイヤのサラダ、トムヤンクンとライス」

「すべてハーフサイズにしますか？　青パパイヤのサラダはかなり量があるんです。それから、当店のトムヤンクンは辛めなのでココナッツミルクでマイルドにできます。マイルドにして構いませんか？」

ランチタイムの要望を思い出し、みのりは確認する。

ビールのせいか、いささかとろんとした目で睨《にら》まれた。

「量も辛さもそのままでいいわ」

「えっ」

思わず声を上げてしまうと、「紅一点」は赤い唇の端を吊《つ》り上げた。

「だって、私、本当は辛いタイ料理が大好きなんだもの」

みのりは追加注文のシンハーを運ぶと、よろよろと厨房に戻った。

「どうしたの、みのり。大丈夫？」

心配そうなゆたかに、そっとカウンターを示す。

「紅一点」が座っているのを見て、ゆたかも驚いた。

「また来てくれたの？」

ランチに来て、夜にもう一度来る客はめったにいない。

みのりは頷《うなず》くと、注文をゆたかに伝えた。

「かしこまりました。ええと、量は半分でいいの？　辛さも控えめよね。お連れ様もいないけど、やっぱり香味野菜は避けたほうがいいのよね？」

「量も辛さも通常通りでいいって」

「食べきれるのかしら。それに辛いのは苦手じゃなかったの？」

料理を残されるのが料理人にとっては何よりもショックなのだ。

「それがね、辛いタイ料理が大好きなんですって」

ゆたかもぽかんとしている。

「タイ料理好きは何となく気づいていたけど、辛いのまで？」

「うん。むしろ好きなのかも……」

ゆたかは楽しそうに笑った。

「分かったわ。じゃあ、私も気合を入れて作るわね」

ゆたかはコックコートの袖《そで》をまくり直し、調理に取り掛かった。

先に出来上がった他のテーブルの料理を運んで、厨房に戻ろうとすると、「紅一点」に呼ばれた。二本目のシンハーもすっかり空になっていて、おかわりが欲しいらしい。

「やっぱり瓶ビールは中瓶を置くべきよう」

だめだ。すでにすっかり酔っぱらっている。料理が来る前に、小瓶とはいえシンハーを二本。空腹だったら酔いが回っても仕方がない。

空いた瓶を下げようとみのりが手を伸ばすと、なぜか「紅一点」が絡んできて、瓶がカウンターの奥へと転がった。みのりは慌てて押さえ込む。

「ごめん、ごめん、倒しちゃったわ」

悪びれずに言う「紅一点」の横顔を間近で見たみのりは驚いた。

若くて美人だと思っていた「紅一点」の目じりの化粧が、すっかり浮いて剝《は》がれていた。

2

神崎明日実《かんざきあすみ》は、久しぶりの解放感を味わっていた。

仕事帰りのビールはなんて美味《おい》しいのだろう。

帰ったらシャワーを浴びて寝るだけだ。いや、シャワーは明日の朝でもいい。

今夜は浴びるほどビールを飲みたい気分だった。

何よりも一人だ。人目を気にすることはない。

明日実は新しいシンハーが運ばれてくると、喉を鳴らして半分ほど飲み干した。

ああ、何という爽快感《そうかい》。喉から食道、そして胃へと冷たい液体が流れ込んでいく。手足の指先まで水分が行きわたり、ムズムズとくすぐったい。生き返るとはまさにこのことだ。

そういえば昼にここでイエローカレーを食べてから、一滴の水分も口にしていない。さすがに喉が渇くわけだ。いくら今日は外回りの仕事がなかったとはいえ、体にだってよくないし、水分不足はお肌にも悪い。

しかし、できるだけ水分はとりたくない。

なぜならトイレに行きたくないからだ。

明日実の会社は男性比率が高い。特に明日実の所属する営業部は、明日実以外は全員が男性だ。そのため、紅一点の明日実はどうしても周囲の視線が気になってしまう。

それぞれが業務に励むしんとしたオフィスで席を立てば、すぐにトイレだとバレてしまう。それが明日実にとってはたまらなく恥ずかしいのだった。

こんなことなら、喫煙者ということにしておけばよかった。

愛煙家の同僚たちは、適度に席を立って喫煙所へ向かう。

失敗したなと思うものの、タバコを吸わないことで、自分にいっそう「清楚《せいそ》」というイメージが与えられたことは確かだった。

ああ、最初の「人物設定」を間違えたなぁ。

明日実は大きなため息を漏らす。

明日実は五年前、電子機器メーカーから現在の医療機器メーカーに転職した。

前職は分析機器を扱う会社の営業職で、病院や研究機関、メーカーなどが主な取引先だった。つまり医療機器メーカーとも取引先がかなり被っている。そこで即戦力として採用され、営業部に配属されたのだった。転職の目的はもちろん収入アップだ。営業部への配属は明日実にとっても一番の希望だった。

営業とはいえ、医療機器メーカーならインテリっぽい生真面目《きまじめ》な人種が揃《そろ》っているのかと思いこんでいた明日実は、出勤初日に驚いた。

同僚はすべて男性。しかもベテランから若手まで、すっかり体育会系の熱い集団だった。各チームには必ず統率力のあるリーダーがいて、常に目標達成のために部下の士気を高める。この会社の業績が好調なのは、扱う製品の性能だけでなく、こういうこともあったのかと明日実は舌を巻いた。

しかし明日実も負けてはいなかった。何せ常に年収のアップを考えてきた野心家である。そのための努力は惜しまず、暇さえあれば勉強に励み、相手の興味を引き、納得させる話術を磨いて、これまでもいくつもの商談をまとめてきたのだ。

明日実の熱意は転職先の社風にも通じるものがあり、いつしか同僚からも一目置かれるようになっていた。

しかし、その評価には必ず共通の意味合いの言葉が付いて回った。

「女だてらに」「この細腕で」「見た目に依《よ》らず」これはほんの一部で、実際にはもうどんな言葉を言われたかも忘れてしまった。

これまで「女性」ということを武器にしたことはない。けれど、男たちの評価は必ずそうなる。おそらく明日実の容姿のせいもあるだろう。

もともとの整った顔立ち、小柄で華奢な体型。子供の頃《ころ》から持てはやされて育った。

営業職についてからは、見た目も中身も自分を磨くことを惜しまなかった。そのおかげか、四十歳を超えた今も若々しさを維持している。

いいじゃないか、仕事ができる女でも。彼らがそんなに性別を意識するなら、私はもっと女を磨いてやる。美人で仕事ができる女を、チームはもっと誇って大切にすればいい。

転職を機に、明日実はますます美容にも力を注ぐようになった。

しかし、今となってはそれが明日実を苦しめる呪《のろ》いとなっている。

明日実が見た目よりもずっと年齢を重ねていることに、おそらくオフィスの同僚たちは気付いていない。転職した時、あまりにも若い彼らに自分の年齢を打ち明けられなかったのだ。今さら伝えることもできない。いったい自分はいつまでこの状態を保ち続けなければならないのだろうか。

明日実は大きなため息をつくと、残りのシンハーを飲み干した。

あっという間に二本目だ。空腹も手伝って、体がぽかぽかと温かい。これではあっと言う間に酔ってしまう。

お腹《なか》がペコペコだった。突き出しに出されたスパイシーナッツもとっくに食べてしまっている。やはりランチでライス半分というのは堪《こた》える。でも、せっかく清楚なイメージを持たれている自分が、男性と同じ量など食べるわけにはいかない。

店員を呼び、三本目のシンハーを注文する。

酔っているのか手がぶつかり、瓶を倒してしまった。

すんでのところで、彼女がうまく受け止めてくれて、床に落とさずに済んだ。

シンハーが運ばれてきて、口を付けようとした時だった。

「あ」

背中がカッと熱くなった。その瞬間、急に顔が火照《ほて》り出す。首筋から上がぽっぽっと熱を持ち、額と首筋に汗が吹き出した。心臓が激しく鼓動を打っている。

明日実は必死に呼吸を整え、大丈夫、大丈夫と自分に言い聞かせた。

ちらりと横のカウンター席を見た。

若い女性客が、お互いの彼氏の話題で盛り上がっていて、明日実のことなどまるで気にしていない。スマートなグラスにはきれいな色のカクテルが入っていて、短いスカートからは健康的な素足がすらりと伸びていた。

明日実はそっとおしぼりで額と首筋の汗を拭う。もう一度横を見ると、彼女たちは相変わらず涼しげな表情で、切り分けたタンドリーチキンを「から～い、でも美味しい」などと言いながら口に運んでいた。

まだ明日実の汗は止まらない。

ふうふうと浅い呼吸を繰り返すと、ようやく顔の火照りが収まってきた。

疲れる。いつも突然これが襲ってくる。

きっかけが何なのかよく分からないから、汗をかきそうな食べ物はできるだけ控えるようにしている。本当はランチでも思いっきり辛い料理を食べたいのに。

やっぱり最初の「人物設定」を間違えたのだと思う。

「男勝りの元気な女性」にしておけばよかった。そうすれば大食いも激辛好きも、汗をかくことも隠す必要はなかったはずだ。

いくら外見が若くても、四十を過ぎれば体にも心にも様々な変化が現れ始める。それを相談できる同性の同僚もいない。

最近考える。もしかしたらこれらの症状は、更年期障害によるものではないのか。

まだ早い気もするが、個人差も大きいという。

突然ののぼせや顔の火照り、これまでさほど感じたことのなかった肩こりや腰痛。

そういえば疲れやすいし、急に憂鬱《ゆううつ》になることもある。

一度気になり出したら、もう止まらなかった。もともと勤勉な性格である。関連書物を買って調べているうちに、さらに様々なことが心配になってますます深みにはまっていった。

「お待たせしました」

ようやく料理が来た。ふわりとナンプラーが香る。

「青パパイヤのサラダ、ソムタムです」

いつもの店員がカウンターに料理を置く。

火照りは続いていたが、店員は酔っているとしか思わないだろう。空腹も限界だ。

大きめの皿にソムタムが山盛りだった。確かに一人には多いかもしれないが、明日実にとってはたいしたことのない量だ。食欲を誘う甘酸っぱいにおいに唾《つば》が湧《わ》いてくる。

明日実はさっそく食べ始めた。小皿になど取り分けず、そのまま大皿に箸を突っ込む。

千切りの青パパイヤがシャキシャキと口の中で鳴った。粗く砕かれたピーナッツと干し海老《えび》の食感もたまらない。一呼吸置き、添えられたライムを絞る。爽《さわ》やかな酸味がナンプラーの風味に混じり合う。

ああ、美味しい。

やっぱりタイ料理を食べに来たら、五感をフルに刺激する料理を満喫しなくてはもったいない。

刻まれたトウガラシもニンニクも一人の今なら構わない。

以前から気になっていたが、この店の料理人は女性だ。

明日実にとってスパイス料理のコックのイメージは体格のいい男性である。そのせいか彼女を見るたびに、男性ばかりの職場で孤立無援に奮闘する自分と重ねてしまい、勝手に一目置いている。

すぐにトムヤンクンも運ばれてきた。

「お熱いので、お気をつけてお召し上がりください」

店員の言葉も終わらぬうちに、明日実は小さなお玉を鍋《なべ》の中に突っ込んだ。

ビールとソムタムですっかり体が冷えてしまったのだ。

まずは飾られたパクチーをよけてぐるりとかき回す。レモングラスやコブミカンの葉に混ざって、大きな有頭海老が二尾入っていた。殻を外すのは面倒だが、頭の部分にはいい味が詰まっている。ご丁寧に殻入れとおしぼりも持ってきてくれたから、思う存分堪能《たんのう》できそうだ。

実は辛いものに限らず、明日実が人前で食べないようにしているものはかなりある。

海老もそのひとつで、理由は食べる姿を見られたくないからだ。

殻を外すのに指が汚れる。しゃぶりつくのも恥ずかしいし、皿には残骸《ざんがい》が残る。何となく自分の恥部をさらしている気分になる。

同じ理由で、きれいに食べることが難しい焼き魚、フライドチキン、皮付きのフルーツが挙げられる。他にも、麺類をすする姿は見られたくないし、ハンバーガーも大口を開けてかぶりつくのが恥ずかしい。

いつからこんなに人の視線を意識してしまうようになったのか。今夜のように一人の時くらいしか好きなものが食べられない。

「あ～、いろいろ厄介だなぁ」

海老の殻をむきながら、思わず声が出た。

「どうされました？」

エプロンの店員が飛んでくる。

「あっ、何でもないの。ほら、トムヤンクンって、食べられないものがたくさん入っているじゃない？　邪魔だなぁって思ってね」

明日実は笑ってごまかした。

しかし改めて鍋を見れば、コブミカンの葉、日本のものとは違う固いショウガのガランガル、レモングラス。つくづく食べられない具材のオンパレードである。むしろ食べられる具材と言えば、海老とフクロタケくらいのものだ。

「ねぇ、トムヤンクンのメインって海老なの？　それともスープ？」

エプロン姿の店員が言葉に詰まった。

明日実はスープをすくって、おじやのようにライスにかけた。同僚がいなければ、こんな食べ方だってできるのだ。

店員が黙ったままなので一人で話し続けた。舌が勝手に動く感覚。すっかり酔っぱらっているのが自分でも分かった。

「食べられない具材が風味を出すために必要なのだとしたら、どうして外すことをしないのかしら。和食で言えば、出汁《だし》を取った鰹節《かつおぶし》や昆布《こんぶ》がそのまま入っているようなものでしょう。家庭ならともかく、お客さんからお金を取っている飲食店ではそんなことはしないわよね」

店員が困惑したように答えた。

「そうですねぇ。インド料理では、かつては高価だったスパイスをそのまま料理に残しておくのがおもてなしの気持ちの表れだったそうです。こんなにスパイスを使っているんだって示していたわけです。でもタイ料理の食材では、コブミカンもレモングラスもそう珍しいものではないですからね」

「へぇ。インドカレーに見慣れないものが入っているのはそういうことだったの。でもさ、トムヤンクンの場合、食べられない具材の存在感が違うじゃない。こんなに大きいものを残すなんて損した気分になっちゃう。もっとも最初は、全部食べられるものだと思って、レモングラスを噛《か》み切ろうと苦労したけどね」

「ああ、分かります」

店員もくすっと笑った。

「せっかく美味しいスープなんだからさ、食べられるものだけを入れてほしいのよ。よけいなものは必要ないじゃない」

これも、これもこれも。

明日実はレモングラスやコブミカンの葉、ガランガル、小ぶりのトウガラシを箸でさらって、次から次へと取り皿に積み上げていく。いつの間にか鍋には海老が一尾とスープしか残っていない。

「ほら、すっからかん。何だか食べられない具材にごまかされていた感じ」

赤い液体をかき混ぜながら、明日実は急に悲しい気持ちになった。

ごまかしているのは自分も同じだ。つんと鼻の奥が熱くなった。

自分を偽って、苦しい思いをして、その反動で一人寂しくビールをあおって店員に絡んでいる。そんな自分が情けない。いつの間にか涙が溢《あふ》れ出し、ポツポツとカウンターに染みを作っていた。

最近、感情が抑えられない。一人になるとふとした拍子に爆発してしまう。

しまったと思ったが止まらなかった。羞恥心《しゅうちしん》でまた顔が火照る。明日実は隠すように両手で顔を覆った。

「大丈夫ですか」

店員が大急ぎでおしぼりを何本も持ってきてくれた。手探りで一本を奪い、顔に押し付ける。

隣で席を立つ気配がした。若い女性客が明日実を気味悪がって、店を変えようとしているのだろう。

テーブルの客たちも自分を見ているのではないだろうか。それが怖くてなかなか顔を上げられない。今顔を上げたら、涙と汗でひどいことになっているはずだ。

どれくらいそうしていただろうか。

ふっと清々《すがすが》しい香りが漂ってきて、明日実は恐る恐る顔を上げた。

「どうぞ、リンデンのお茶です。体が温まって、気持ちがほぐれますよ」

カウンターの向こうから、料理人がハーブティーを注いでくれていた。

「……ありがとう」

明日実はカップを両手で包んだ。いつしか指先が冷たくなっていた。

「たとえ真夏でも、そんなにビールばかり飲んでは冷え切ってしまいますからね。もっとご自分を労《いた》わってあげないと」

にっこり微笑まれ、子供のように頷いてしまった。

「あと、さっきのお話ですけど、私たちは常識に捕らわれているんだと思うんです」

「さっきの話？」

「どうして食べられない具材がたくさん入っているかです」

「ああ、あれ……」

もうどうでもいいことだった。疑問に思っていたことは確かだが、何かに八つ当たりしたかっただけなのだ。

「きっと日本人は几帳面《きちようめん》で生真面目なんです。出されたものは残したら失礼だって頭に刷り込まれている。だから食べられないものが入っている料理に違和感を覚える。現地の人にとっては、食べられないものが入っていても当たり前で、トムヤンクンはあくまでもスープを楽しむ料理なんです。考え方によっては、海老だってスープに出汁を出すためのものでしょう？」

「言われてみれば」

「ほら、日本にだって、海老の頭や蟹《かに》で出汁を取ったお味噌汁《みそしる》があるじゃないですか。でも、元から海老の頭や蟹の殻は食べられないって知っているから、残すことに疑問を感じません。それと同じです。コブミカンの葉もレモングラスも、日本ではなじみのない食材だから私たちは困惑するんです」

料理人の言葉には説得力があった。

「お客様はどうしていつも食べたいメニューを我慢していらっしゃるんですか。本当はタイ料理も辛い料理も大好きなんですよね。量だって減らさなくても食べきれるのではないですか」

すでにソムタムは食べ終わり、ライスもほとんど残っていない。ここで小食だと言っても誰も納得しないだろう。

「いつも男性のお客様と一緒にいらっしゃいますね。もしかして、本当のご自分を見せるのに抵抗があるのでしょうか」

すっかり言い当てられ、明日実の顔にかぁっと血が上る。

「女性として、汗やにおいを気にするのは当然のことです。でも、辛いものを食べて汗をかくのは自然なことですから」

明日実は何も言葉を返せない。

「もっとご自分を受け入れて、ありのままに振る舞うとずいぶん楽になりますよ」

「……どうしてそんなことを言うんですか」

この料理人にはすべて見透かされている気がして怖くなった。案の定、料理人は続けた。

「自然に逆らうのは苦しいですよね。周りが男性ばかりでは、より女性であることを意識してしまう。若く、きれいでいたいと思ってしまう。でもお客様は、そこに苦しめられていますよね。今夜のご注文を聞いて、よく分かりました」

「えっ」

明日実は驚いた。

ソムタムとトムヤンクンで、いったい明日実の何が分かるというのだ。

料理人を見ると、目を細めて微笑んでいた。

「お客様は美容と健康への意識がかなり高い方です。そして、そのための努力を惜しみません。違いますか」

明日実は目を見開いた。その通りだったからだ。

「お客様のご注文はソムタムとトムヤンクン。もともとタイ料理は野菜が豊富でヘルシーだと言われています。青パパイヤは酵素が豊富なことで知られています。タンパク質だけでなく、糖質、脂質を効率よく分解し、消化を助け、エネルギーにしてくれます。それだけでなく、ビタミンCや抗酸化作用が期待できるポリフェノール、食物繊維もたっぷりで、美容やダイエットにもいいと言われています」

「……ええ」

その通りだ。だから明日実はタイ料理店に行くと必ず注文する。

「トムヤンクンもさっぱりとしたスープです。辛さを抑えるためにココナッツミルクを加える場合もありますが、今回のご注文は通常通りでした。トウガラシには発汗作用があり、ハーブティーでもおなじみのレモングラスは、爽やかな香りが脳を刺激します。さらに消化促進の働きもあります」

料理人はすらすらと語り続ける。

「コブミカンの葉だってけっして香り付けのためだけではなく、老化予防や、美肌に効果があると言われています。そして海老の赤い色素は強い抗酸化作用のあるアスタキサンチン。殻にはタウリンやカルシウムも豊富ですから、殻ごと煮込んだスープには、たっぷりと栄養とうま味が溶け出します。どちらも栄養や美容のことを考えて選んだお料理なんじゃないですか」

明日実は唇を噛みしめた。

ランチでは可愛らしく「ココナッツミルク大好き」などと言っているが、普段の食生活ではカロリーを気にしてほとんど口にしない。

スパイシーな料理が好きでもインド料理を我慢しているのは、油や生クリームがたっぷり使われているのを知っているからだ。それに比べるとタイ料理はずっとヘルシーである。

明日実は美しさを保つためにあらゆる努力を惜しまなかった。けれど、どうしても逆らえないのは年齢による変化だ。若い異性の多い職場だからこそ、余計にそれを意識してしまう。

「……私、いくつに見えます?」

明日実は訊ねた。

「いや、すごくお若く見えます！　実際若いですよね。三十歳くらいですか？」

応《こた》えたのはエプロン姿の店員だった。

彼女とはいつもレジでも接している。そう見えているのかとホッとする一方、それがいびつな喜びであることにも気づいてしまう。

「私、四十二歳です。秋になったら四十三」

「えっ、冗談ですよね。肌も髪もツヤツヤじゃないですか」

店員は真剣な顔だ。どうやら本当に信じられないようだ。

「努力をしているからよ。でもね、もう努力をしても隠し切れなくなったの。たぶん、更年期なんだと思う」

「更年期？」

「そう、更年期。更年期障害ってあなたくらいの年でも聞いたことあるでしょう。気になって色々と調べたの。まだ早いって思うかもしれないけど、個人差も大きいらしいわ。最近すぐに顔が火照って汗をかくの。きっとホットフラッシュっていうやつよね。せっかくこれまで努力してきたのに、こんなことで私のイメージを壊したくないのよ。小食ぶっていた時期もあるけど、今はね、普通に食べても体重が増えちゃうからコントロールも必要なのよ」

「それでソムタムとトムヤンクンを」

「そうよ。でもビールだけは別。やけ酒よ。だってつらいのよ。これまでは美容も、ダイエットも頑張れば結果が出たの。でも今はうまくいかない。もっと頑張りたくても、以前みたいな気力も湧かない。いきなり体が熱くなって、汗が止まらなくなる。私、いったいどうすればいいの？　でも、それを同僚には知られたくないの。いつまでもきれいな女性として扱ってほしい。変わったって思われたくないのよ。ああ、もうどうしていいのか分からない……」

明日実はテーブルに突っ伏した。また涙が溢れてくる。突然感情が抑えきれなくなる。きっとこれも立派な更年期の症状なのだ。

不意に背中が温かくなった。

また火照りがくるのかと思ったが、違った。料理人の手が優しく背中をさすっているのだ。

「きっとお疲れなんですよ。心も体も両方。更年期による様々な症状のひとつに、自律神経の乱れというのがあったと思います。でも、それはおそらく更年期に限ったことではありません。日々ストレスにさらされていれば、様々な不調に見舞われます。あまり色々な情報を意識しすぎないほうがいいのではありませんか？」

この料理人は間違いなく自分より年下だ。けれど、声にも、言葉にも、背中をさする手の動きにも温かさが溢れ、大きな安心感に包まれる。

「意識しすぎ？　でも色々と調べたのよ。だって、知識を得るのは悪いことじゃないでしょう？」

そうやって営業スキルを身に付けた。現在扱っている医療機器も、前の会社の分析機器も、知識がなければその道の専門家に太刀打《たちう》ちできない。取引先相手と同等の知識を得なければと思い、様々なことを学んできた。そのおかげで今の自分があるのだ。

「知っているから備えられるのも事実です。でも、それに捕らわれてしまっては本末転倒です。さっきのコブミカンの葉と同じですよ」

「コブミカン？」

「お客様は邪魔そうに扱っていましたけど、その栄養素も、トムヤンクンにとって必要な食材だということもちゃんと理解していらっしゃいました。広く知識を得るのは確かにいいことです。でも、それに捕らわれ過ぎてはいけないと思います」

どういうことだろう。明日実は料理人を見上げた。

「必要な部分だけをうまく利用すればいいんですよ。ひとつひとつをあげつらって、この症状は病気だ、これはまた別の病気だって考えていたら、それこそせっかく得た知識で自分を苦しめることになります」

そうなのだろうか。

でも、そう言われればそんな気もしてくる。

「コブミカンだけじゃありませんよね、レモングラス、ガランガル、トウガラシ、色々なものが溶けだして、あのスープを完成させている。これまで得た知識を、もっと緩やかに取りまとめて、ご自分が生きやすくすることこそ大切だと思いますよ」

料理人の笑顔に、明日実はようやく自分の苦しみを理解してくれる者の存在を実感した。

背中の手の温《ぬく》もりが、じんわりと明日実の心と体の奥深くにしみ込んでいく。

3

「ああ、今夜は疲れたなぁ」

玄関灯を消し、外のメニューボードを片付けて店内に戻ったみのりは、がっくりとカウンター席に座った。先ほどまで「紅一点」が座っていた席だ。

彼女は店に迷惑をかけたと詫《わ》び、神崎明日実と名前を名乗ってから帰って行った。

「お姉ちゃん、気づいていたの？　あの人が私たちよりも年上だって」

「知らないわよ。ランチタイムに厨房から眺めるだけだもの。いつも大きな男の人たちに囲まれて、大変そうだなとは思ったけどね」

「あのグループ、みんな体格がいいもんね。どこの会社の人だろう。建築とか不動産とか、そっち系かなぁ」

「さぁ。何の会社かは知らないけれど、いつもあのメンバーで同じメニュー食べていたらさすがに息も詰まるでしょう」

「そうだよねぇ。一人でカフェでもどこでも行けばいいのに」

「できなかったんでしょうね。意外と自由がない職場ってあるのよ。同じように行動しないと不安なの。表面上は仲がよくても仕事ではライバルかもしれない。自分がいない場所で何を言われているか分からないしね」

「私たちとは程遠い職場だね。ストレスが溜まるのも分かるよ。あざといというより、周りの雰囲気に合わせて自分を偽らざるを得なかったってことだよね」

同僚たちとランチに訪れた時と、夜に一人で訪れた時、明日実の雰囲気はまったく違っていた。言うまでもなく夜のほうが本来の彼女なのだ。

自分を偽りながら、必死に仕事をこなし、おそらく残業を終えて『スパイス・ボックス』を訪れたのは午後九時。さすがにその時間に一人となれば、化粧も直してこなかったのだろう。みのりは、間近に見た明日実の目じりの細かな皺《しわ》を思い出す。

「でもさ、お姉ちゃん、さすがに更年期は早いんじゃない？」

ゆたかもカウンターの上で頬杖《ほおづえ》をついている。姉も今夜は疲れたらしい。

「よく分からないわ。あの人が言っていた通り、個人差も大きいみたいだからね。私たちにはもう少し先の話だし、考えたこともなかったわ」

「うん。私も」

　みのりは今年三十五歳、ゆたかは三十七歳になる。

「私ね、彼女は思い込みで何でも型にはめ込み過ぎていると思うのよ」

「思い込み？」

「そう。思い詰めると、どんどん自分が本当にそうなんじゃないかって思っちゃうの。スープに入っているだけで食べられると思い込んでしまう、レモングラスやコブミカンの葉っぱと同じようなものよ。あのお客さん、更年期の色々な症状を、自分に当てはめて悩んでいるみたいだけど、自律神経が乱れても様々な症状が現れる。これは更年期に限ったことではないわ。今夜の来店時間が遅かったのも、きっと残業していたからでしょう。昼にライスを半分しか食べていないんだから、遅くまで仕事をしていれば低血糖になる可能性もある。低血糖の症状を、更年期の不調と思い違えているかもしれない。私も専門家じゃないから何とも言えないけどね」

「ストレスなら、自律神経のほうが可能性ありそうだよね」

　ゆたかは厨房に戻ると、お湯を沸かし始めた。用意しているのは美容にいいと言われるローズヒップティーだ。分かる。みのりも今夜は帰ったら、熱いお風呂に浸かってパックでもしようと考えていた。

お茶が入ると、ゆたかはカウンター席に戻ってきてみのりの横に座った。

「でも彼女は年齢を重ねることを恐れていて、美容にも関心が高かった。だから更年期のほうに意識が向いてしまったのよ」

「だから思い込みか」

みのりはため息をつく。

「それにね、私にも覚えがあるの」

ゆたかは熱いローズヒップティーに息を吹きかけながら続けた。

「柾《まさき》さんが亡くなった後よ。急なことだったし、しばらくは受け止められなくて、ずっと心を閉ざしていた。何度も柾さんのところに行きたいって思ったわ。部屋に閉じこもっているとね、もうすっかり自分も柾さんと同じ世界にいるような気になれたの。それで、時々お母さんが心配して様子を見に来て、『あれっ』って思ったりしてね……」

「お姉ちゃん……」

「なかなか立ち直ることができなかったわ。同じ境遇の人の体験談を読むとね、やっぱりしばらくは鬱《うつ》になったとか、不眠に苦しんだとか、色々書いてあるのよ。そしたら、私もまったく同じだって同調してしまって、自分も鬱なんだってますます落ち込んだり。つまりね、体や心に不安がある時って、ついそれに関する情報を集めてしまうでしょう？　それに助けられることも確かだけど、逆効果の場合もあるのよね。思い込むことでドツボにはまっちゃうの。そんなに気になるなら、ちゃんとお医者さんに診《み》てもらえばいいんだけど、今の人って毎日忙しいからねぇ」

「でも、お姉ちゃんは大丈夫だった」

「うん。お母さんやみのりがいてくれたから。それに、その時が初めてってわけじゃなかったからね」

「ああ……」

『スパイス・ボックス』がオープンしたばかりの頃、ゆたかが『手打ち蕎麦《そば》　坂上《さかうえ》』の大将に話していたのを聞いたではないか。かつて働いていたリゾートホテルで、ゆたかの料理を食べた男の子が腹痛を起こし、ゆたかは食中毒の恐怖におびえて、一時は厨房に立てなくなるほど落ち込んだと。

「あの時、私を立ち直らせてくれたのは柾さんだった。一人で思い悩まないよう、ずっとそばにいてくれた。それがあったから、柾さんの時も私は心のどこかで自分は大丈夫って思えたのかもしれない。そういう時の立ち直り方をちゃんと教えてもらっていたのよ」

みのりは横のゆたかを抱きしめた。

「ふふ、だから私はとっても強いの」

ゆたかは腕を伸ばして、妹の頭をポンポンと優しく叩《たた》く。

「あのお客さんは、心と体、両方参っているんだわ。でも、そうなればここは『スパイス・ボックス』の出番よね？」

ゆたかの言葉にみのりは頷いた。男性たちに囲まれて、羨《うらや》ましいなぁなどとのんきに思っていた自分は何も見えていなかったのだ。

ローズヒップティーを飲み終えたゆたかが席を立った。

「さっさと片付けを終わらせちゃいましょう。でも、何だかお腹が空《す》いちゃったわ。みのり、何が食べたい？」

「ソムタムとトムヤンクン」

「美容は一日にしてならず！」

きっと今から作るのが面倒だったのだろう。ゆたかは胃腸に優しいあっさり味の鶏肉《とりにく》のフォーを用意し始めた。


八月に入り、最初の土曜日も快晴だった。

ガラガラと引き戸を開けると、みのりは路地に打ち水をした。

熱せられたアスファルトが水で冷まされ、雨のにおいを思い出す。梅雨の間はあれだけ陽《ひ》ざしが恋しかったのに、今では雨が待ち遠しいのだからまったく現金なものだ。

打ち水を終えると、みのりは軒下のプランターにも水をやった。ミントとローズマリーが青々と葉を茂らせ、その横では神楽坂のほおずき市でゆたかが買ってきた鉢植えのほおずきが、鮮やかな朱色の実をいくつもぶら下げている。

ほおずきは、お盆に帰ってくるご先祖様のための目印だという。開店してから初めてのお盆を『スパイス・ボックス』で迎えるゆたかにとって、この目印が必要な相手は一人だけだ。みのりはほおずきの鉢にも丁寧に水をやった。

その日の夕方、久しぶりに鮫島周子《さめじましゅうこ》が顔を出した。

およそ一か月ぶりの来店である。

夏休み中の子供向けに企画された講演会のため、日本各地を回っていたそうだ。

「今はアジア料理フェアなのね。ふぅん」

フェアのメニューを吟味するように周子が呟く。

講演先各地の旅館で供されたご馳走に食傷気味らしく、久しぶりに異国の味を楽しみたいらしい。みのりにしてみれば、羨ましい限りである。

「ええ。アジア料理も今月で二か月目です。暑くなるとどうしても辛いメニューが食べたくなるんですよね」

「やっぱり夏はタイ料理かしらね。辛味のパンチと酸味の爽快感。でも、ベトナム料理のフォーや生春巻きみたいに、体に優しそうなものを無性に欲する時もあるのよ。夏の食欲って、乙女心みたいに変わりやすいのよね」

「大丈夫。ちゃんとご用意がありますよ」

昨日帰京したばかりと言うから、さすがに疲れは隠せないが、それでも結い上げた髪に乱れはなく、爪《つめ》にも鮮やかな深紅のネイルが施されていた。

いつもは即座にメニューを決める周子だが、今日はメニューを眺めて迷っている。

「珍しいですね」

「体と相談しているの。本当はね、パンチのあるインドカレーにチーズナンと行きたいところなんだけど、旅先ではどこも、これでもかってくらいもてなしてくれてね、私も胃腸も疲労困憊《こんぱい》なのよ」

数々の小説だけでなく、食のエッセイでも名の知れた鮫島周子である。各地で名物を饗《きょう》されるのももっともだ。

「この年になるとね。食べたいと食べられるはちょっと別物なの。自分の体との付き合い方も分かっているから、あえて無理はしないのよ。もちろん仕事は別よ。仕事ではいくらでも無理をするんだけど、そのためには体が大事だからね」

「じゃあ、今日はリセットメニューですね」

「そうねぇ。ゆたかさんのおすすめは何?」

「ソムタムとトムヤンクンなんていかがですか」

「あら、たまにはいいわね」

ゆたかが調理している間、みのりは明日実のことを周子に話してしまった。

周子はあらゆる意味でみのりにとって師匠のような存在である。おまけに同性となれば、これほど頼もしい相手はいない。

話を聞き終えると、周子は微笑んだ。

「ふふ、ゆたかさんが選んでくれたメニューは、その美容評論家のチョイスだったってわけね」

「本当に四十二歳には見えないんですよ。もちろん周子先生もいつまでも若々しいですけど」

周子は否定も謙遜《けんそん》もしない。この自信がみのりには羨ましい。

「私の場合は精神力だと思うわ。まだまだやりたいことがたくさんあるから、疲れたなんて言っていられないの。そのために元気が出る料理をたくさん食べる。栄養をたっぷり摂取しているから、結果的に外見も若く見えるってことよ」

「なるほど」

「でも、その人の気持ちも分からなくもないなぁ。四十代って体と心が結構きついのよ。彼女、独身なんでしょう？　だったらなおさら。将来のことまで考えてますます不安になっちゃう。私なんてちょうどその頃にイギリスに留学したからね。それまでの忙しさもあったけど、やっぱり色々としんどかったんだと思う」

「それまでにかなりご活躍されていたんですから。プレッシャーもあって大変だったんだと思います。だから大冒険に出たんですね」

みのりはかつて聞かされた留学時代の話を思い出した。

周子はふふっと笑う。

「自分なりの方法でやり過ごすしかないのよ。ありのままを受け入れちゃうと本当に楽よ。あとはね、お洒落《しゃれ》も美容も、他人の目を気にするんじゃなくて、自分のためにするのが一番。そうすると毎日気持ちよく過ごせるから」

料理が運ばれると、いつもは「美味しい」だの「最高」だのと騒々しく食べる周子が、今日はしみじみと味わうようにして、ゆっくりと食べ終えた。

「ご馳走様。いいものをいただきました」と、ゆたかににっこり微笑む。

帰り際、周子はレジ横のハーブティーを選びながら訊ねた。

「そう言えば、この前は麻婆豆腐《マーボーどうふ》までやったんですって?」

さすがに神楽坂に住んでいるだけあって、どこからか耳に入ったらしい。

「ええ。山椒《さんしょう》を効かせて、なかなか好評でした」

「ジャンルを問わず、相変わらずゆたかさんはチャレンジャーね。そうだわ、私、リクエストがあるの」

周子はゆたかを手招きすると、耳元で何かを囁《ささや》いた。

「ね? 私の大好きな夏の食材なの。でも、なかなか食べられるお店がないのよ。それに、さっきの話の女性にもおすすめできるんじゃないかしら」

周子は艶《あで》やかに片目をつぶって見せた。


その数日後の夜だった。

今夜も『スパイス・ボックス』は大盛況である。二十代くらいのグループがベトナムのビール、バーバーバーの小瓶を掲げて「かんぱーい！」と歓声を上げ、その横では女性だけのグループが、タイカレーとインドカレーをずらりと並べて食べ比べを楽しんでいる。

明日からはいよいよお盆休み。会社帰りの人々が浮かれるのも当然だ。

「フェアに合わせて仕入れた小瓶のビールも人気ね。いっそのこと、各国の瓶ビールをレギュラーメニューにしたら？」

ゆたかに言われ、みのりはぶんぶんと手を振った。

「ビールって意外と消費期限を気にしないといけないの。今はジャンジャン注文が入るけど、涼しくなったら絶対に余っちゃう。アジア料理フェアが終わったら、仕入れはこれまで通り三種類に戻すつもり」

ゆたかは感心したように妹を眺めた。

「みのりもいっぱしの経営者らしくなったわね」

「いやいや、お姉ちゃんのコスト意識がちょっと低いだけだってば」

お盆休み前とあって、いつまでも賑わいが続いた。

九時半になるとようやくテーブルにいくつか空きができ、今夜はさすがにこれで終わりかなとみのりはグラスを洗い始めた。

また一組テーブル席の客が席を立ち、みのりは見送りのために路地に出た。

夜になっても蒸し暑さは昼と変わらず、息苦しいほどだ。

「ありがとうございましたぁ！　よいお盆休みを」

「ご馳走様、美味しかったよ。また休み明けにね」

客が人ごみに紛れるのを待って店内に戻ろうとすると、後ろから声をかけられた。

振り返ると何と明日実が立っていた。神楽坂通りとは反対方向からやってきたらしい。

「まだ大丈夫ですか？」

どうやら今夜も一人のようだ。ラストオーダーまではもうしばらく時間がある。それに客が残っていれば、閉店時間が過ぎても店を開けているのが『スパイス・ボックス』である。

「大丈夫ですよ。どうぞ」

みのりが笑顔で店内に迎え入れると、ゆたかもすぐに気づいて「いらっしゃいませ」と微笑んだ。

「こんな時間まで残業ですか？」

カウンター席に案内し、おしぼりを手渡しながら訊ねた。

「いえ。チームの仲間と飲んでいたの。明日からお休みだから」

本当に同僚とはいつでも一緒らしい。

「この路地の奥のお店ですか？」

「ええ。お座敷のあるちょっと素敵なお店を見つけた人がいて。みんな新しいお店を発掘するのが大好きなのよね。お互いにそれを披露し合うのよ。『スパイス・ボックス』さんを見つけたのもそんな感じだったかしら」

それはそれで面倒くさい付き合いだと思ったが、みのりは黙っていた。

「そういえば、最近いらっしゃいませんでしたね」

七月中はあれほど頻繁に訪れたというのに、八月に入ってからは一度も訪れていない。

「そうなの。今は麺の専門店に通っているの。一度行ったらみんなすっかり気に入ってしまって。私はもっぱらお粥《かゆ》を食べているんだけどね。そこ、お粥もいろんな種類があって助かったわ」

明日実の表情がくもった。きっとそこでも好きなものを食べていないのだろう。

「猫舌で麺をすするのが苦手とか、言わなくてもいいのに言い訳までしちゃって、バカみたいよね。れんげでお粥をすくって、ふうふう息を吹きかけながら食べているの。私、別に猫舌でも何でもないんだけどね。あ、でもコラーゲンたっぷりの美味しいお粥があるのよ。何よりもお粥はローカロリーだしね」

彼女が笑ったので、みのりも少しだけ気が楽になった。

「……それで息が詰まって、こうして来てくださったんですね」

「そういうこと。うまくまけたかな？　二次会に行くかって盛り上がっているうちに、こっそり抜けて来ちゃった」

みのりは吹き出した。

「せっかくいらしたんですから、遠慮なくお好きなものを召し上がってくださいね」

みのりの言葉に明日実は微笑んだ。

口調は明るいが、この前一人で来た時よりも疲れているように見える。

また更年期の症状らしきものが出てつらいのだろうか。

それにしても明日実の顔は飲み会帰りだというのに青白い。同僚の前ではお酒すらも我慢して、下戸を装っていることも考えられる。だとすれば食事もろくにしていないに違いない。

「お腹はまだ余裕ありますか？　今夜もビールいっちゃいます？　お盆休み前ですから、ぱぁっと行きましょうか」

何とか元気を出してもらいたいと、みのりはわざと明るく振る舞った。

しかし明日実は首を振った。

「もう遅い時間だし、カロリー控えめなお料理がいいわ」

「もしかしてこの前のこと気にしていますか。ごめんなさい。姉がズバズバ余計なことを言ってしまって。あの人、時々空気が読めないんです。はっきり言って、単なるスパイスマニアなんです」

ゆたかがガスレンジでジュウジュウと炒《いた》めものをしているのをいいことに、みのりは明日実を励まし続けた。

「いいのよ。本当のことだもの。図星だったからちょっとショックだったけどね。自分を偽って、そのために無理をして、それでいよいよ隠し切れなくなってアタフタして。本当にバカみたい。それで不調があれば全部更年期のせいにしている。でもね、結局今も私はカロリーを気にして、ビタミンやコラーゲンを摂取することに必死になっているのよ。もうどうしようもないわ。これは呪いみたいなものね」

無理に笑おうとしている明日実が気の毒に思え、みのりは何かいい手はないものかと厨房のゆたかを窺った。その時だ。

「みのり、お願い！」

厨房から声がかかり、仕上がったパッタイをテーブル席に運ぶように言われた。

みのりが空いた皿を下げながら戻ると、ゆたかがカウンター越しに明日実に話しかけていた。

「今日は明日実さんにおすすめのお料理があるんです」

「私におすすめ？　でも、たくさんはいらないわ。今夜はこの前みたいな気分にはなれないの」

「では、具だくさんのスープみたいなお料理はいかがですか」

「スープなら……」

「すぐにご用意します」

ゆたかはにっこり微笑んで、厨房の奥へ戻っていく。

今日のランチタイムが終わった後、ゆたかは楽しそうに何かを仕込んでいた。どうやらそれを出してくるつもりらしい。

「スープの前にお飲み物はいかがいたしますか」

みのりが明日実に訊ねたとたん、厨房から「ちょっと待って」と声が上がった。

「何よ、お姉ちゃん」

「明日実さんには、はい、これ。ブレンドティーです」

ゆたかがカウンターにティーポットとカップを置くと、明日実は眉を寄せた。

「今夜はビールも飲ませてもらえないの？」

「そんな青白い顔をして何をおっしゃっているんです。飲み会のお店、冷房が強すぎたんじゃないですか。体を温めたほうがいいですよ」

どうやら図星だったようだ。

「……なんのお茶？」

「明日実さんのためのブレンドです。ストレスや不眠に効果のあるカモミールと、気持ちを落ち着かせるバレリアン。バレリアンは鎮静効果で知られ、更年期などの不安も緩和してくれると言われているんです。でも私、明日実さんは更年期を気にするよりも、まずはリラックスして、心と体のバランスを落ち着かせたほうがいいと思うんですよね」

「……そうかもね」

明日実は大人しくカップにお茶を注ぎ、ゆっくりと味わい始めた。

しばらくして、ゆたかが「おまちどおさま」とタジン鍋を運んできた。

夏になってからタジン鍋をほとんど見ていない。みのりはいよいよ中身が気になった。

明日実も驚いたように、尖《とが》った蓋《ふた》が被さった鍋を見下ろしている。

「えっと、タジンって言うんだっけ。これにスープが入っているの？」

タジン鍋の底の皿にはたいした深さがない。明日実が首を傾《かし》げるのも当然である。

「ええ。スープというか、水分たっぷりの野菜の煮込み料理です。では、開けますよ」

ゆたかが蓋を持ち上げた。

隙間《すきま》から食欲をそそる香りの湯気が溢れ出す。ショウガと微《かす》かなスターアニスの甘い香り。タジン鍋の中には、ツヤツヤとした野菜が輝いていた。あれは……。

「冬瓜《とうがん》？　まさか。何だか中華料理みたい……」

明日実がそう思ったのも無理はない。スターアニスというよりも八角と言ったほうがピンとくる。豚の角煮や中華風のスペアリブ、ルーローハンなどで使われるスパイスだ。

しかし、タジン鍋の中の澄んだスープを見れば、それらのように味の濃い料理でないことが分かる。スープの中には大きくカットされた淡い翡翠色《ひすいいろ》の冬瓜がダウンライトを浴びて輝いている。

「きれい……」

思わずみのりは呟いた。

「冬瓜と豚肉のタジンです。冬瓜は水分量が多い野菜なので、うま味の溶けだした煮汁ごと、スープのようにお召し上がりください」

明日実はナイフとフォークを手に取った。まるでゼリーを切り分けるように、スッとナイフが半透明の野菜に沈み込む。切り口からも新たな湯気が上がるそれを、明日実はふうふうと冷ましながら口に入れた。

「やわらかい。口の中でとろけちゃうわ。刻んだネギとショウガがいい風味。あっさりとしているけれど、お肉のうま味もしみ込んで、噛むたびに美味しいスープが口の中に広がる感じね」

「お口に合ってよかった。タジン鍋は素材の味を引き出してくれますから、あえてシンプルな味にしました。冬瓜は冬の瓜と書きますが、日持ちがするから付いた名前で、実際は夏の野菜です。とっても水分量が多いので、体の熱を冷まし、火照りを鎮めてくれます。利尿作用によるむくみへの効果、抗酸化作用のビタミンCが豊富と、夏の体に嬉しい野菜なんですよ。ただし体を冷やす食材ですので、体を温めるネギやショウガと一緒に調理をしました」

「本当に体によさそう。やわらかな食感と優しい味で、まさに体を労わるお料理という感じね。私、このお料理、大好きだわ」

先ほどよりもだいぶ明日実の顔に血の気が戻っていて、みのりは安心した。

「ちゃんと豚肉も食べてくださいね。カロリーを気にしてお肉を控えては逆効果です。私たちの肌も髪もタンパク質が不足しては生まれ変われません。お手入れや高価な化粧品に頼るよりも、まずはしっかり栄養を摂《と》って、体の中から整えるのが大切だと私は思うんです。ちゃんと食べていれば気力も充実しますし、元気が出ますから」

「……本当にその通りね。だって、これ、薬膳《やくぜん》料理みたいだもの」

明日実はスターアニスと、スープに浮かんだクコの実をフォークでつついた。

「あ、スターアニスは食べられませんよ」

「知っているわよ」

ゆたかの言葉に明日実は笑った。以前のトムヤンクンでのやり取りを思い出したのだ。

「スターアニスの甘い香りは気持ちをやわらげ、様々な効能は薬にも使われています。クコの実もビタミンやミネラルが豊富。スパイスは漢方と重なるものがありますから、体に良いお料理を考えると、薬膳に似てくるのかもしれませんね」

明日実は豚肉を切り分け、冬瓜を頰張《ほおば》り、スプーンを使って淡い色のスープをすすった。いつしか額にはうっすらと汗が浮かんでいる。しかし、今の彼女にはまったく気にならないようだった。ただ料理に集中していた。

すべて食べ終えると、明日実は手を合わせて「ご馳走様でした」と言った。

「このお料理、メニューにはないわよね。オリジナル？」

「ええ。ここで冬瓜を料理したのも初めてです。実は、ある常連のお客様からのリクエストなんです」

「お客さんのリクエスト？」

はい、とゆたかは頷いた。

「そのお客様、還暦を過ぎていらっしゃるのに、とてもおきれいなんです。内面から活力と言うか、若さがにじみ出ている感じなんですね。ご本人は、若く見せようなんて思っていらっしゃらないんじゃないかな。ありのままでいるから、そこに自信が備わるのだと思います。真っ赤なネイルをしても、高いヒールの靴を履いても、全部しっくりと彼女の一部になってしまう」

「何だか素敵な方ね」

「ええ。本当に素敵なんです。いくつになっても潑剌《はつらつ》として、好奇心旺盛《おうせい》でいられるのって素晴らしいことですよね。お食事もパワフルなんですよ。インド料理が大好きで、ここにいらっしゃると、いつもワイン片手に、サモサやカレー、タンドリーチキンを豪快に召し上がるの。つくづくその食欲こそが元気の秘訣《ひけつ》なんだと思い知らされます。食への関心もある意味では好奇心みたいなものですからね」

周子のことを思い浮かべたのか、ゆたかはくすっと笑った。

「……羨ましいわ」

「お客様も少しだけ視点を変えれば、そうなれるのではないでしょうか。私が言えるのはひとつだけです。もっと肩の力を抜いて、ご自分を好きになってあげてください」

「そうね……。私、昔はもっと自分に自信があったのに。いつからこんなふうになっちゃったのかしらね」

明日実はずいぶん穏やかな表情になっていた。温かい料理が体の中にゆっくりと熱をもたらし、気持ちを鎮めてくれたようだ。

「じゃあ、食後のお茶を用意しますね。今度はチャイにしましょうか」

ゆたかがカウンターを離れ、みのりもホッとして何気なく時計を見ると、ラストオーダーの時間をとっくに過ぎていた。店内には明日実の他にも二組ほど客がいたが、外の看板を「close」にしなければ、新しい客が入ってきてしまう。

まさにその時だ。ガラガラと勢いよく引き戸が開いた。

しまった。

みのりは慌てて玄関に向かった。

「ごめんなさい、もうラストオーダーを過ぎているんです」

しかし戸を開けた男性客は、カウンターを見つめてつかつかと入ってくる。

「お、お客様！」

「神崎さん！　やっぱりここだった。急にいなくなるから心配したんですよ」

明日実も驚いた顔で男性客を見つめていた。

白いシャツの袖をまくり上げた男は息を切らせ、首筋まで汗びっしょりだ。

「山内《やまうち》くん、いったいどうしたの」

「突然いなくなるんですもん、心配して探しますよ。具合でも悪くなったんじゃないかって」

「大丈夫よ。他のみんなは？」

「二次会に行きました。俺《おれ》も酔ったふりで抜けてきたんです」

みのりも、店内の他の客も、茫然《ぼうぜん》と二人のやり取りを見守っていた。

山内と呼ばれた男は、以前ランチをここで一緒に食べていた同僚の一人だろう。

それにしても、どうして明日実がここにいることが分かったのだろうか。

「ごめんなさい、私、一人になりたかったの」

「飲み会、嫌だったんですか。全然飲んでいませんでしたから」

山内は心配そうに明日実の顔を覗き込む。

ああ、そんなに近くで見つめられては困る。みのりは我がことのように焦った。

明日実は山内の視線から逃れるように顔をうつむけ、ちらりとゆたかに視線を送り、再び山内のほうを向く。きっと迷っているのだ。

これまで通り自分を偽るのか、それとも素顔をさらすのか。

みのりは息をつめて二人を見守る。

明日実は一度目を閉じると、すうっと息を吐いて、まっすぐに山内を見上げた。

「ええ。一人で飲みたかったの。一人で食事がしたかったの。だってね、私、本当はお酒が大好きなんだもの。猫を被っていたの。何もかも嘘《うそ》ばっかりだったのよ」

言ってしまった。

みのりは厨房から出て来たゆたかと顔を見合わせた。

同僚たちにずっと偽ってきた自分をとうとう打ち明けたのだ。

明日実と山内はしばらく見つめ合っていた。

しばらくして、ふっと山内が視線を逸《そ》らした。

「……知っていました」

「えっ」

「この前、見たんです。神崎さんが、今と同じカウンターで号泣しているのを」

みのりはハッとした。

「うそ」

明日実も驚愕《きょうがく》の色を隠せない。

「嘘じゃないです。あの夜、俺、偶然そこの座敷にいたんです」

山内は顔を上げて、今は誰もいない奥の座敷を指さした。

「急に大学時代の友人から飲もうって誘われて、ここに連れて来たんです。俺、この店がすっかり気に入っていたので」

明日実が三本のシンハーを飲んで酔いが回り、カウンターで泣き出した夜。確かに遅くまでほぼ満席で混み合っていた。ランチタイムに見かける顔でも、夜に別の相手と一緒なら、みのりだって気づかないことがあるし、明日実もまさか座敷に同僚がいるとは考えないだろう。

「そう言えば、このお店を最初に見つけて、チームのみんなを連れてきたのも山内くんだったわね」

諦《あきら》めたように明日実は肩を落とした。まさかあの醜態まで見られていたとはさぞショックだろう。

「はい。みんないい店を知っているから、俺もたまには新しい店を発掘しなければって焦っていたんです。たまたま見つけたのがここです。俺、タイ料理が大好きなんです」

「そんなことで焦る必要ないじゃない」

「焦りますよ。使えない奴《やつ》だって思われたくないじゃないですか」

いつも仲がよさそうに見えるあのグループも、実は微妙なバランスの上に成り立っているのかもしれない。

みのりはあの夜、トムヤンクンから乱暴にレモングラスやコブミカンの葉を取り出していた明日実の苛立《いらだ》たしげな顔を思い出した。うま味が溶け合ったトムヤンクンのスープと、食べられない具材。まるでチームとして結束しているようでも、実は個々としてけっして混じり合わない彼女たちのようだ。

「……会社の人間関係も色々と面倒なのねぇ」

ゆたかが隣でしみじみと呟いた。

人と人が関《かか》われば必ず生まれてしまうちょっとした軋《きし》み。敏感にそれを感じ取る人もいれば、何事もないかのようにあっさりと順応してしまう人もいる。

「……あの夜、神崎さんの声が座敷まで聞こえました。いつも神崎さんはあまり自分から話すタイプじゃないから、俺、聞き耳を立てていたんです。……驚きました」

「そうでしょうね。いつもとは別人で、幻滅したでしょう」

「幻滅じゃありません。そりゃ驚きましたけど、俺、嬉《うれ》しかったんです」

山内の額も首筋もますます汗びっしょりだ。必死になる山内とは逆に、開き直ったのか明日実のほうは落ち着いていた。

「タイ料理、お好きだったんですね。俺、ランチでは嫌々付き合って食べているのかと思っていたんです。酔っぱらっている姿も、感情をむき出しにする姿も、俺には新鮮でした。ああ、これが本当の神崎さんなんだって」

明日実はうつむいた。

「俺たちが勝手に神崎さんのイメージを決めつけてしまっていたから、苦しかったですよね。すみません……」

「いいのよ。私もそうしていたんだから……」

明日実は顔を上げて弱々しく微笑んだ。山内は安堵《あんど》の表情を浮かべる。

「神崎さん、今度、俺とタイ料理を食べに行きませんか。この店がいい。一緒に辛いものを食べて、思いっきり汗をかきましょうよ。気にすることはありません。俺、汗っかきですし、酔っぱらえば愚痴だってこぼします。あっ、でも迷惑はかけませんから」

みのりとゆたかは、思わず顔を見合わせた。

それから微笑み合い、厨房の奥に引っ込んだ。

けれど、興奮した山内の声は大きく、厨房の奥にまで二人の会話が聞こえてくる。店内にはBGMも流れていない。テーブル席の客たちも、息をひそめて二人のやりとりを見守っているようだった。

「俺、ずっと神崎さんに憧《あこが》れていたんです。でも、チームの中で抜け駆けはできないというか……」

「山内くん、ショックを受けると思うけど、言うわね。私、山内くんよりもずっと年上なの。今年四十三歳なの。どう、ガッカリしたでしょう」

しかし、山内の反応はあっさりとしたものだった。

「俺、知っていましたよ。みんな知っています」

「えっ」

「転職してくる人の情報くらい、みんな気にしますよ。失礼な言い方ですけど、女性が来ると知って営業部は大喜びだったんです。見事な男所帯ですからね。入ってきた時、全員なんてきれいな人なんだろうって目が釘付《くぎづ》けでした。とても聞いていた年齢とは思えなかった。だから誰もが思ったんです、すごい人が来たって。美人なだけじゃなくてスタイルもいい。きっと自分にも仕事にも厳しいに違いないって、みんな最初から一目置いていたんです。それで高嶺《たかね》の花みたいなイメージになってしまって……」

不意に明日実は笑い出した。

「私、バカみたいじゃない」

ふっと店内の空気が緩んだ気がした。みのりも何やら肩の力が抜けて呟いた。

「冬瓜のお料理、必要なかったかもね」

ゆたかは微笑みながら首を振った。

「ますます必要よ。年下の彼氏ができたら、やっぱりいつまでも若くきれいでいたいって思っちゃうわ。ふふ、でももう大丈夫ね。誰かに愛されることが何よりも自分の自信に繋がるから」

明日実の晴れやかな笑顔を山内はぽかんと見つめていた。

きっと明日実は同僚たちの前でこんなに楽しそうに笑うことなどなかったに違いない。

山内にとっては初めて見る明日実の満面の笑みだ。山内の顔が一気に紅潮し、さらに汗が吹き出した。シャツまでびっしょりである。

明日実がバッグからハンカチを取り出して山内に差し出した。

「どうぞ、使って」

「いいんですか」

「私もね、ハンカチは必需品なの」

山内がわずかに腰をかがめた。

まさか額の汗を拭いてもらおうというのか。子供っぽい無邪気な山内の反応に、明日実はぽかんとし、ついで笑い出した。

「もう、甘えるんじゃないわよ」

「……だめですか」

山内も恥ずかしそうに頭を掻《か》く。

その時、ずっと彼らを見守っていたテーブル席の客たちから笑いが湧きおこった。「拭いてあげなよ〜」などと声まで上がる。

山内と明日実は顔を見合わせて笑うと、テーブルの客にペコペコと頭を下げた。さすが同じチームの同僚だ。見事に息が合っている。

みのりとゆたかも客たちの笑いの渦に加わった。いつしか笑いは祝福の拍手となっていた。

第四話　世界をめぐるチキンスープ　異国の母の味

1

八月も残すところ一週間となった。ランチタイムも終わりに近づき、テーブルを片付けていたみのりはふうと顔を上げた。

今のような暑い時期はスパイスの効いたアジア料理が大人気だが、そろそろ月末。来月のフェアを考案しなければいけない。しかし、ゆたかからは何の話もない。

みのりとしてはこのままもうしばらくアジア料理フェアを続けてもいいのではないかと思っている。いや、むしろ続けたい。

毎年のことながら、九月になっても暑さが衰えることはないだろう。ならばやはり人気メニューを続けるのが得策だ。そして肌寒く感じるタイミングで、体が温まる料理をおすすめしたい。

今日あたり、その提案をしてみようかと横目で厨房《ちゅうぼう》を見た。

ゆたかはせっせと洗い物をしている。姉は片付けも手際がいい。

昼下がりの店内には、食事を終えてくつろいでいる客ばかりだ。まずは客席の片付けを一段落させてからと、みのりは力いっぱいテーブルを拭《ふ》き上げる。

厨房に戻り、チラリとゆたかの様子を窺《うかが》った。

最近、どうもゆたかの元気がない。

いつもならお腹《なか》を空《す》かせたみのりのために、手が空けばすぐに賄いを作ってくれるはずなのに、今日もどうやらその気配はない。昨日《きのう》も一昨日《おととい》も同じ調子で、みのりが抜け出してサンドイッチやおにぎりを買ってきたのだ。

洗い物が片付いたのか、ゆたかはカウンターの後ろでぼんやりと天井を眺めていた。ぼうっとしていると思うと、急に思いつめたような顔をすることもある。ここ数日はそんなことの繰り返しだ。

仕方がない。今日の昼食も何か調達してくるかと、みのりが頭の中に神楽坂《かぐらざか》のテイクアウト可能な店のラインナップを思い浮かべた時だった。

ガラガラと引き戸が開き、とっさに時計を見た。

ランチタイム終了まであと三分。今日のランチはもう終わりだと思い、メニューを片付けてしまったが、いささか早かったようだ。

みのりは棚に戻したランチメニューを手に、ひときわ明るく「いらっしゃいませ！」と声を上げた。

「あの、今、お邪魔しても大丈夫ですか？」

引き戸からひょっこり顔を覗《のぞ》かせたのはよく知った顔だった。みのりの出版社時代の後輩、西島茜《にしじまあかね》だ。

「茜ちゃん、久しぶり！」

「すっかりご無沙汰《ぶさた》しちゃってすみません」

『スパイス・ボックス』がオープンした当初、飯田橋《いいだばし》の厨書房《くりやしょぼう》で働く茜は、昼夜を問わず何度も来店してくれた。

そのたびに友人を連れて来て、常に店に賑《にぎ》わいの雰囲気をもたらし、評判が広がるように協力してくれたのである。開店直後、何かと慌てふためいていた姉妹にとっては、鮫島《さめじま》周子《しゅうこ》同様、感謝してもしきれない大切なお客様である。

周子が人気の連載エッセイ「路地の名店」で『スパイス・ボックス』を取り上げてくれてから、茜が来店する回数が減ったのも、エッセイの反響で一気に客数が増えたからに違いない。

「いいの、いいの。おかげさまで何とか順調だし。茜ちゃんこそ忙しかったんでしょう？」

みのりの言葉に、茜はえへへとはにかんで見せた。

同じ職場にいたみのりにはよく分かる。

飲食店向け料理雑誌の編集部にいれば、仕事でもプライベートでも必然的に飲食店に通う回数が増える。人気店、話題の店、これから評判になりそうな店、いくらお気に入りだからといって、同じ店にばかり通うわけにはいかないのだ。何せ人間に胃袋はひとつしかないのだから。

その上、みのりの退職後に鮫島周子の担当を引き継いだのが茜である。きっと今も月に一度は周子に同行して、日本各地の「路地の名店」を訪ね歩いているに違いない。

「今日はどうしたの？　ランチメニューもまだ大丈夫よ」

世間話をしているうちにラストオーダーの時間を数分過ぎてしまったが、厨房ではゆたかが注文を待ってくれている。

奥のテーブル席では二組の女性客がお茶を飲んでいるが、どちらもおしゃべりに夢中で、時間など気にしていない。

「お昼は済ませちゃったんです。ほら、会社前の……」

「ああ、牛丼ね」

会社の目の前にある牛丼屋で昼食を済ませるのは、相当忙しくて疲れている時だ。時間はないけれど、ガツンとカロリーを摂取したい。そんな時、厨書房の面々は会社の真ん前の牛丼屋に足を運ぶ。

「どうしたの？　ちょっと息抜きでもしたくなった？」

立ち話をしていたことに気づき、茜を空いていた手前のテーブル席に座らせる。厨房のゆたかには、アイコンタクトでランチの注文がないことを伝えた。

「ちょっとお仕事の相談なんです。えっと、お茶、注文してもいいですか。せっかくだから、何かお菓子も」

「もちろん」

みのりはティータイムのメニューを広げて手渡した。

「ええと」

茜はとたんに真剣な目つきになる。

この目つきには覚えがある。みのりも編集部にいた頃《ころ》は同じように、メニューから、店の雰囲気から、店員の態度から、その店のすべてを感じ取ろうといつも真剣だった。

それにしても仕事の相談とはなんだろう。

中途半端な時間に食事以外の目的でわざわざ訪れたことが気になる。

何かに行き詰まり、かつての先輩を訪ねてきたのだろうか。

どこかの飲食店やライターとのトラブルか。だとしたら、現役を退いて二年以上経《た》つみのりでは役に立てそうもないが、アドバイスくらいはできるかもしれない。何を隠そう、みのりにも何度も頭を下げた経験があった。

「決まりました！」

茜はパッと顔を上げた。

「キャロットケーキと、アイスのチャイでお願いします！」

どちらもしっかりとスパイスの効いたメニューだ。

「かしこまりました。いいチョイスだね」

「はい。だってせっかく『スパイス・ボックス』に来たんですから！」

溌溂《はつらつ》とした笑顔からは、少しも悩んでいる様子は見られない。

みのりは安心して厨房に向かった。

「お姉ちゃん、ここは大丈夫だから、ちょっと気分転換してきたらどう？」

キャロットケーキはクリームチーズのグレーズを被《かぶ》せて切り分けてあり、皿に載せてハーブを飾るだけだ。アイスのチャイも朝のうちに煮出したものをピッチャーに入れて冷やしてある。

ティータイムのメニューは、みのり一人でも用意できるように、作り置きのお菓子が中心だ。チョコバナナのロティだけは、ゆたかがいる時だけのスペシャルメニューとしているが、そのうちに作り方を教わりたいと考えている。

ガラスのドーム型ケーキカバーの蓋《ふた》を持ち上げて、キャロットケーキを皿に移すみのりのぎこちない手つきを見ながら、ゆたかは「じゃあ、ちょっと出てこようかな」と、コックコートのボタンを外した。コートの下はTシャツで、今の季節ならそのまま外に出ても問題ない。

「私たちの食事も買ってくるわ。何がいい？」

みのりは先ほど脳内でシミュレーションしたテイクアウトメニューを思い出そうとしたが、けっきょく結論には至っていなかった。

「お姉ちゃんにお任せします。行ってらっしゃい」

ゆたかの選ぶものなら間違いないだろう。

「わかった。じゃあ、よろしくね、みのり」

「ごゆっくり」

ゆたかはホールに出ると、すっかり顔なじみの茜に挨拶《あいさつ》をしてから引き戸を開けた。

みのりはふうと息をついた。

やっぱりゆたかが変だ。おっとりとした雰囲気や、常に浮かべている微笑《ほほえ》みはいつもと変わらない。けれど、何かが違う。

以前なら、茜が来れば注文しなくても「あれも食べて、これも食べて」と、喜んで最近の新作を出してきたものだが、今日はそれもない。

なんだか一人になりたそうな雰囲気なのである。

みのりはもう一度ため息をつくと、ティータイムのサービスに出しているサブレを小皿に盛り合わせ、注文の品と一緒にテーブルに運んだ。

茜に運ばれたものを見て、奥のテーブルの客からも追加注文が入った。面白いもので、注文は三人グループの全員がキャロットケーキを選んだ。さっそく用意して運ぶと、女性たちから歓声が上がる。

その様子を眺めていた茜は、戻ってきたみのりに言った。

「いいですねぇ、こういう雰囲気」

「でしょう。それぞれのテーブルのお客さんって、知らない人同士なんだけど、ここに入ってきてくれた時点で何だか繋がっているような気がしちゃうんだよね。わりとみんな別のテーブルの料理を見ているし、会話も聞いているよ。あの人たち、茜ちゃんのキャロットケーキにつられちゃったんだね」

「分かります。私も他人が食べている料理がすごく気になりますもん」

「私も」

顔を見合わせてうふふと笑う。後輩とはいえ、かつての同僚との会話は楽しいものだ。

茜はキャロットケーキに大胆にフォークを入れると、グレーズに絡めて口に放《ほう》り込んだ。よくひと口で入ったなとみのりは感心してしまう。そういえば、茜は昔から何でも美味《おい》しそうによく食べる子だった。

「ああっ、この口いっぱいに広がるナツメグの風味！　たっぷりのレーズンとクルミの食感も楽しいんですよね。ジンジャーとシナモンの風味がわりと強めにプラスされているのがゆたかさんっぽいです。そして甘酸っぱいグレーズがたまらない！」

「さっすが、『最新厨房通信』の編集者」

「えへへ。でも、本当のことですもん。チャイもアイスだとさっぱりして飲みやすいですね。ほら、ホットミルクが苦手な人もいるじゃないですか」

「そうなのよ。それでね、この前、豆乳のチャイも作ったの。イソフラボン豊富で女性におすすめしたいなって思ったけど、牛乳が苦手な人にもいいかもね」

ふとみのりの頭に「エキナカ青年」の連れ、須藤《すどう》の顔が浮かんだ。

牛乳嫌いの彼は、真面目《まじめ》に仕事に向き合っているだろうか。せっかくメニューに加えたクラフトコーラも飲ませてみたい。

「そうそう、今日来たのは、このお話をするためなんです」

茜はキャロットケーキの皿を横にずらすと、バッグからファイルを取り出した。

見慣れた書式は、みのりもしょっちゅう頭を悩ませた企画書である。

「えっと、今、新しいコーナーを考えていまして、ザックリ言うと、世界の料理にもっと目を向けようっていう企画なんです。ほら、今は日本にも各国の料理のお店がたくさんあるじゃないですか。『最新厨房通信』は専門性に捕らわれず、いろんなジャンルの飲食店を広く扱っていますから、そればかりを深く突き詰めるわけではないんですけど、できる限り幅広く、様々な国の料理を紹介したいと考えています。それを見て、読者の方、つまり飲食関係者の方々にですね、何かインスピレーションを与えることもできるんじゃないかと。ただ、各国の料理の店に取材に行くだけでは、これまでの記事と何も変わらないので、『スパイス・ボックス』さんで再現していただいたら面白いんじゃないかと思うんですよ」

茜は一息に言い切った。

これではみのりの頭が追い付かない。

「茜ちゃん、もうちょっとプレゼンは簡潔に」

「あっ、はい、すみません。要は毎月一品、世界のお料理を紹介するコーナーにご協力いただきたいってことなんです。どうせならメジャーな料理よりも、ちょっと知らないようなものがいいですよね。知らないって言っても日本人が知らないだけで、その国では当たり前のように食べられているお料理がいいんです。どこの国のお料理も、決め手となっているのはスパイスやハーブだと思いませんか。そういうお料理、ゆたかさんはお得意ですもんね」

茜の話は、『スパイス・ボックス』の料理のコンセプトにも合致する。

およそ一年の間、ゆたかの料理を見てきて、異国の料理の複雑な風味や味わいは、こんなにもスパイスやハーブによるものなのかと驚いていた。出汁《だし》や醬油《しょうゆ》、砂糖やみりんがベースとなる日本の料理とは明らかに違うのだ。

「茜ちゃんは、たとえばどんなお料理を考えているの？　ウチで再現なんて本当にできるのかしら」

「ええと、前にこちらでいただいたモロッコ風の煮込み料理やフランスのシュークルートみたいなものです。はっきり言いますと、すっかりメジャーとなっているエスニック料理ではなく、仮にエスニックをやるにしても、知られていないような地方料理でないと面白くありません」

「そうね」

「もちろんお料理はこちらである程度ピックアップしますし、ゆたかさんなりにアレンジするのもいいと思うんです。コーナーとしても、単なる世界の料理の紹介よりも、『神楽坂のスパイス料理店がこうアレンジ』なんてしたほうが新鮮ですよね。料理雑誌とどこかの店がコラボすることは珍しくありませんから。だって、美人姉妹の切り盛りするスパイス料理店なんて、なかなか他にないでしょう？」

　みのりは苦笑する。

　不安は残るが悪い話ではない。SNSの普及で世界中の食べ物を閲覧でき、興味を持つ人も多くなった。自分の足で世界を回らなくても、知識だけならいくらでも手に入る。けれど、味まで理解するのは難しい。

これまでゆたかが作ってきた料理は、そんな人々の好奇心を満たすものだったのも確かだ。そうなるとこの企画自体も面白いし、『スパイス・ボックス』の宣伝にも効果的ではないか。ぜひ引き受けたい。みのりの体が興奮のためにじわじわと熱くなる。きっと好奇心旺盛《おうせい》なゆたかも興味を持ってくれるだろう。

しかし、どうも本調子ではない姉が気がかりだった。いくらスパイス好きとは言え、もともとイタリアンのシェフだったゆたかには荷が重いことも確かだ。

でも……。

みのりは、壁に造り付けられた棚に目をやった。

ぎっしりと各国の料理に関する書物が並んでいる。

あれらのすべてにゆたかは目を通し、そこから再現した料理も少なくない。

以前ゆたかが言っていたが、長年シェフとして培ってきた経験から、材料を見ればおおよその味は想像できるそうだ。

みのりの迷いを感じたかのように、茜は微笑んだ。

「そんなにお堅いコーナーじゃありませんから、安心してゆたかさんと相談してみてください。企画が通ったとしても、動き出すのは寒い季節になります。そうなると第一弾は煮込みやスープの温かいお料理がいいですね。まさにスパイスの本領を発揮できると思うんです」

「うん……」

みのりが頷《うなず》くと、茜は「大丈夫です」と明るく笑い、やはり壁の本棚に視線を送った。

「好奇心、探求心ともに旺盛なゆたかさんなら絶対に大丈夫ですよ。もしかしたら、今もチャレンジしたいお料理があるかもしれません。でも、日常業務の傍らでは難しいでしょう。この企画でそこを後押しすることができるかもしれませんよ」

茜の言い分はもっともである。

「暑くなってからはずっとエスニック料理が中心だったの。この前、急に麻婆豆腐《マーボーどうふ》をやるって言い出したのも、そういうことなのかもしれない」

麻婆豆腐に驚いた茜は、ふっと表情を和らげた。

「繁盛の秘訣《ひけつ》はマンネリ化しないことです。神楽坂みたいな激戦区ではよけいにそう思います。何よりもお店のスタッフが色々なことに興味を持って仕事を楽しむことが大事。その意味でも、この企画を逆に利用していただければと考えています」

「茜ちゃん、成長したねぇ」

みのりが感心すると、茜は舌を出した。

「まだまだです。先輩には全然かないませんよ。だって、いつまで経っても周子先生の朝までコースに付き合えませんから」

「あのね、茜ちゃん。そこは見習わなくてもいい部分だから……」

みのりがアルコールに強くなったのは、底なしの周子に鍛えられたからだ。今でこそ武勇伝だが、あの頃は駅の階段から落ちたり、頭痛と吐き気で大事な打ち合わせに遅刻したりと、何度も痛い目に遭《あ》っている。

茜を見送り、テーブルを片付けている間に残っていた女性客も席を立った。

茜とはかなり長く話をしていたが、ゆたかはまだ戻ってこない。急に静かになった店内が何やら心細い。

みのりはテーブルを片付けながら、空腹だったことを思い出した。意識し始めたとたん空腹は耐えがたいものになる。

いったいゆたかはどこまで行ったのだろう。食事を買うだけなら、こんなに時間はかからない。たまには一人になりたくて、いつもより遠くまで足を延ばしているのかもしれない。

ゆたかの変化に気づいたのは先週のことだ。もうすぐ九月だねえと、みのりが何気なく言った辺りからだったと思う。みのりとしては、新しいフェアメニューに対する打診のようなものだったのだが、あれ以来、時々思いつめたような表情をするようになった。

九月。『スパイス・ボックス』の開店から、まもなく一年が経とうとしている。

そう思った時、みのりは愕然《がくぜん》とした。

とても大切なことを忘れていたのだ。

みのりはエプロンのポケットをまさぐり、スマートフォンを引っ張り出すと店の奥に向かいながら通話ボタンを押した。相手は南房総《みなみぼうそう》の実家にいる母親だ。

『もしもし』

すぐに聞き慣れた声が聞こえて、ホッと力が抜けた。どうして母親の声は無条件に安心させてくれるのだろう。

「お母さん、ちょっと聞いてほしいことがあるんだけど」

みのりは座敷の入口の壁に向かうようにして立ち止まった。こうすれば、万が一ゆたかが帰ってきても話の内容まですぐには聞き取れない。

「最近、お姉ちゃんの元気がないの。これって、もしかして……」

しばらくの沈黙があった。

『もうすぐ、柾《まさき》さんの命日だからねぇ』

「やっぱりそうよね。でも、去年は……」

スマートフォンの向こうで、わずかに息をつく気配が伝わる。

『昨年は慌ただしかったじゃない。なにせお店を開くって大変なことですもの。工事が遅れているとか、備品が間に合わないとか、あなたも毎日大変だったでしょう？　ゆたかだって試作に夢中で、毎日台所に籠《こ》もっていたわよ』

そうだった。九月三十日のオープンに向けて、真夏の盛りにみのりは走り回っていた。おおよそのメニューはゆたかと相談して決めていたが、肝心の店の改装が終わっていないため、ゆたかは東葛西《かさい》のアヤンさんの店に通ったり、実家の台所で試作を繰り返したりしながら『スパイス・ボックス』の料理を準備してくれたのだ。

古民家の改装が終わると、ゆたかはみのりのアパートに引っ越し、共同生活が始まった。それからは毎日神楽坂に通い、早朝から深夜まで開店に向けての準備に励んだのだ。

ゆたかにくよくよしている暇など少しもなかった。

それどころか、みのりが音を上げるたびに励ましてくれた。

飲食店で働いた経験のないみのりにとって、ゆたかは誰《だれ》よりも頼れるパートナーだったのだ。

あの目まぐるしい日々から一年も経ったなんて、とても信じられない。

あの慌ただしさがゆたかを、夫を失った当時の記憶から解放してくれたのだ。

今はすっかり仕事に慣れ、こんなものだというペースも摑《つか》んだ。

すっかりこの生活が姉妹の日常となり、そのおかげで生まれた心のゆとりに、つらい記憶が侵入してきたとしても不思議はない。

九月五日は、ゆたかの夫、柾の命日だ。

あの時の記憶は今も生々しくゆたかの胸に刻まれているに違いない。

『ゆたか、平気なの？』

しばらくの間を置き、心配そうにさかえが訊《たず》ねた。

「平気じゃないのかも。時々ぼんやりしているし、無理に笑っているみたい。お店に支障はないけれど、何せお姉ちゃんと二人でしょ？　このまま働かせていいのかな……」

『そうねぇ。みのりが店をやるって言う前は、とにかくふさぎ込んでいたからね。何もする気力がおきなかったのだと思うわ』

「そうだよね」

その時のことはよく知っている。みのりも心配で、休日のたびに実家に帰った時期もあった。だからこそ姉にシェフを任せたいと思ったのだ。

「……ねぇ、少しお休みしたほうがいいのかな」

柾には家族がいなかった。

ゆたかと結婚して家族ができたのだ。

だから柾を弔うことができるのは、ゆたかとみのりたちしかいない。

ゆたかが柾を紹介してくれた時、両親も兄弟もいないと聞いて少し驚いた。

しかし、柾を知るにつれ、だからこそ日本を飛び出し、世界を回って各国の人々と触れ合おうとしているのかなと、すんなり納得することができた。

柾にとって自分を取り巻く人々は、すべて家族のような存在だったのだ。そういう思いで接するから、相手にも愛される。ようやく日本に腰を据えようと働き始めたリゾートホテルで、柾はゆたかと出会ったのである。

柾が亡くなって今年で四年。ゆたかにとっては今も変わらず想《おも》い続ける相手でも、みのりにとっては去り行く者である。日々の生活に追われ、命日を失念したとしても仕方がない。

ゆたかの希望で、これまでも法要などは営んでいない。そもそも仏教徒である前橋《まえばし》家とは違い、特定の信仰を持たなかった柾のために、ゆたかは海に近い霊園を選んだ。命日に訪れ、ただ語りかけるだけである。

昨年はゆたかがみのりのアパートに引っ越す前に、さかえと三人でお墓参りに行った。あの時ゆたかは、新たな挑戦を始めることを柾に報告したに違いない。

もっともみのりには、柾はこんな場所でじっとしているのではなく、今も自由に世界を旅しているように思えてならないのだが。

『店はちゃんと続けなさい』

さかえの強い口調に、みのりははっと我に返った。

「え?」

『ただ、できればその日だけは休みにして、柾さんに会いに連れて行ってあげてほしいの。それを決めるのは、店の経営者であるみのり、あなたよ』

「あ」

次々に放たれる母親の言葉に、みのりはろくに返事を返すことができない。

『あの子はね、そこでもう一度生きる意味を見つけられたの。ようやく世の中の流れに戻ることができたのよ。その流れを止めてはだめ。だけど、けじめのその日だけは、一度柾さんに会わせてあげてほしいの』

「うん、うん。そうだよね。ありがとう、お母さん」

『もちろん私も一緒に行くわ。お参りが終わったら、三人で美味しい物でも食べましょう。ゆたかを元気づけないとね』

さかえの声からは、先ほどの厳しさは消え、いつものおおらかで温かな母親の声に戻っていた。

「ありがとう」

みのりはスマートフォンを握りしめ、電話の向こうに精一杯の感謝を伝えた。

通話を終えたみのりは、お茶の用意をして姉の帰りを待つことにした。

厨房に戻ってお湯を沸かす。ハーブティーの棚の前で、ゆたかが整理したラベルをじっくりと眺めた。何か元気が出るお茶がいい。そう思って手を伸ばしかけた時、ようやくゆたかが帰ってきた。

「お帰り！　お姉ちゃん」

飛び出して姉を出迎えたみのりは、急ブレーキをかけてつんのめりそうになった。

ゆたかは一人ではなかった。

横にいる小柄な若い女性が、物珍しそうに店内を見回していた。

「ただいま、みのり。お客さんを連れて来ちゃった」

ゆたかがにっこりと微笑んだ。

2

日下部祐未《くさかべゆみ》は驚いた。

辻原《つじはら》ゆたかと名乗った女性に案内された店が、まさか古びた日本家屋だったとは。

外観からはとてもスパイス料理店とは思えない。

ゆたかに続いて店に入ると、女性店員が一人で留守番をしていた。店内には他の客の姿はない。午後四時過ぎならそれも不思議はないだろう。祐未のバイト先も、この時間はさっぱり客がこない。今日もシフト上は五時までの勤務だったが、店長に早く帰っていいと言われたのだった。

古民家に入るのは初めてだった。何せ、祐未は古い建物に接する機会がない。昔の友人が見せてくれた家族旅行の古びた温泉宿の写真を見て、羨《うらや》ましいと思ったことをなぜか急に思い出した。いや、羨ましかったのは古い建物ではなく、別のものだったっけ。

床はきれいに拭き清められ、テーブルも椅子《いす》も整然と並んでいた。店内装飾はほとんどなく、その潔さがこの古民家にしっくりくるように思えた。

祐未は促されるまま、入口に近いテーブル席に座った。

斜め向かいには、留守番をしていたエプロン姿の女性が座っている。玄関がよく見える席だ。もしも客が入ってきたらすぐに立ち上がることができる。

とはいえ、テーブルの上にはお茶の用意と、ゆたかが祐未の店でテイクアウトしたケバブサンドが広げられていた。ゆたかも戻って早々にコックコートを羽織り、祐未の隣で蒸らしたお茶をティーカップに注いでいる。もしも本当に客が入ってきたらどうするつもりだろうと、祐未のほうが心配になった。

「ミントティーですか」

カップからは涼やかな香りが立ち上り、思わず祐未は口走る。

「ええ。さっき千切ったばかりのフレッシュなミントよ。実家にハーブ園があって、時々、色々なハーブを母親に送ってもらうの」

「素敵ですね」

祐未がそう思ったのは、フレッシュなハーブだけではない。母親が娘を応援してくれていることも含まれる。そしてこの古民家に染みついたスパイスの香り。ふわりと体ごと包まれているようで心地がいい。その上、テーブルに置かれたケバブサンドからは、さらに食欲をそそるスパイシーな香りが放たれている。

「お姉ちゃん、食べていい？」

「いただきましょう」

エプロン姿の店員はよほどお腹が空いていたのか、「いただきます！」と言うなり、ケバブサンドにかじり付いた。

「美味しい！　お姉ちゃん、これ、どこで買ったの？」

「飯田橋の駅の向こう側。こちらにいる祐未さんが働いているお店よ」

「あ、どうも。日下部祐未です」

祐未は慌てて自己紹介した。ゆたかとはここに来るまでにすでに色々な話をしていたので、もう一人の女性に名乗るのを忘れていた。

彼女はゆたかの妹のみのりと名乗り、この店のオーナーだというから驚いた。

祐未は美味しそうにケバブサンドを頬張《ほおば》る姉妹を眺めた。

アルバイトとはいえ、自分の店の品物を喜んでくれるのは嬉《うれ》しい。お昼がまだだったようで、二人とも夢中になって食べている。

祐未の前にはシフォンケーキが置かれていた。

お腹は空いていなかったが、自分だけお茶のみというのも寂しいので、棚に置かれていたこのケーキを何気なく選んだのだ。

やわらかな生地に何の抵抗もなくフォークが埋まり、いともたやすく一口大にカットすることができた。こんなにふわふわのシフォンケーキは初めてだ。これもゆたかが作ったのだろうか。生地の優しさとは正反対の濃厚な味わいに、祐未は思わず「美味しい」と声が漏れた。しっかりとスパイスの味がする。

そこで祐未は確信した。

もしかしたら今度こそ見つかるかもしれない。

このお店のシェフ、ゆたかさんなら。

「チャイのシフォンケーキ、お口に合ってよかった」

ゆたかがにっこりと微笑んだ。

「ケバブサンドもすごく美味しいわ。ほら、今、チキンケバブのお店が多いじゃない。ちゃんとラムを使っているのが嬉しい」

「店長のこだわりなんです。ラムが苦手な方からは、においが気になるって言われちゃうんですけどね」

「ああ、分かる！　確かにスパイスだけでもかなり強烈なにおいだもんね」

みのりが大きく頷いた。

「ケバブのレシピは、確かニンニクにコリアンダー、クミン、パプリカ、チリパウダーにブラックペッパー、ターメリックなどのスパイスに、バジルやタイム、オレガノなどのハーブが入っているのよね。まさにスパイスのオンパレード。この店もインドカレーの仕込みをするとかなりのにおいがして、最初の頃《ころ》はご近所さんからの苦情があったの。店に来るお客さんはスパイス料理が好きな人がほとんどだからいいけど、苦手な人には申し訳ないのよね」

祐未はゆたかの説明に驚いた。よくもケバブに使われるスパイスまですらすらと言えるものだ。けれど、においが特徴的な食べ物を扱う店の者同士、共感も大きい。

「そうなんです。よそはチキンやビーフのケバブが多いので、ラム一筋でやっているウチの店長は潔いと思うんです。おかげで本場の味を求めるお客さんが集まってきて、そこそこ繁盛しています」

ケバブサンドというと、キッチンカーを思い浮かべる人が大半だろう。オフィス街のちょっとした公園、イベントの行われる広場で、その姿よりも香りで存在を主張している。

けれど祐未のアルバイト先は老朽化が進んだビルの一階にある。

店と言っても、カウンターだけの鰻《うなぎ》の寝床のような狭いスペースで、同じビルに入口を並べる三軒の店の中ではもっとも小さい。飯田橋駅の西口、早稲田《わせだ》通りを神楽坂とは反対方向にしばらく進んだ場所に位置し、好立地とは言えないまでも、近隣の会社員がよく買いに来てくれる。カウンターも十席ほどしかないから、テイクアウトのほうが圧倒的に多い。

祐未がバイト先の店を説明すると、みのりが今度は自分が買いに行くとスマホを取り出して場所を確認し始めた。この姉妹は本当にスパイス料理が好きなのだ。

「ところで、どうして二人でここに来たの？」

みのりに問われ、祐未はゆたかに付いて来た理由を語ることにした。

ゆたかが、祐未が働く店『羊肉ケバブ』に入ってきたのは午後三時過ぎのことだ。入口から一望できるカウンター席には誰もおらず、祐未は店長に呼ばれ、「三時半で帰っていいよ」と言われたところだった。

「ケバブサンドをふたつ」と、ゆたかは注文した。

この店のメニューは、ラムのケバブサンドの一種類しかない。あとは簡単に用意できるドリンクだけだ。

ケバブサンドが出来るまでの間、ゆたかは調理する店長の手元を楽しそうに覗《のぞ》き込んでいた。さらに見るだけでは飽き足らず、女性客に見つめられて緊張する店長にしきりに話しかけた。

「いいにおいですね」

「お肉はラムだけなんですね。私、大好きなんです」

「ケバブサンドの店の方って外国の方が多いですよね。店長さんはどうしてケバブサンドのお店を？」

ゆたかに相槌《あいづち》を打ちながら、いつもよりかなり分厚く肉を削《そ》ぎ落とす店長に気づき、祐未は笑いをこらえるのに必死だった。

店長は、気はいいけれど、時々気分にムラがある。今日は朝から不機嫌だなと、あまり積極的に関《かか》わらないようにしていたからなおさらだった。

「お客さんもケバブがお好きなんですね。俺《おれ》も大好きなんです。夢中になってたくさんの店のケバブを食べ歩いたんですよ。それが高じて本場の味も食べてみたいって、俺、とうとうトルコまで行っちゃいました」

「まぁ、トルコまで？」

「そうなんです。トルコでもラムだけってわけじゃないんですね。あちらでも牛肉や鶏肉《とりにく》も使っていました。だからラムにこだわるのが本場の味ってわけではないんですけど、俺、最初に食べたのがラムのケバブで、それがあまりにも美味《うま》かったんで、今もラム一筋なんです」

店長がこれほど楽しそうに説明するのも珍しい。よほどこの女性客が気に入ったのだろう。目じりの垂れた優しげな雰囲気は、確かに見ているだけでも和んでしまう。

ケバブサンドを待つ間に話は弾み、いつしか辻原ゆたかという彼女の名前と、神楽坂のスパイス料理屋で働いているということを聞き出した。

店の前を賑《にぎ》やかな女性の集団が通り過ぎ、ゆたかがそちらに気を取られてふっと顔を向けた時だった。祐未は後ろから思いっきりエプロンの紐《ひも》を引っ張られた。振り返るとすぐ目の前に店長の顔があり、突然命令が下された。

「五時までの時給を付けてやるから、ゆたかさんが働いている店を探ってこい」と。

店長は惚《ほ》れっぽい性格だ。また病気が出たのかと困惑したものの、祐未もスパイス料理が嫌いではない。そもそもそれが高じてケバブサンドの店でアルバイトを始めたのだ。

スパイスやハーブの料理を知りたい、またあの料理に巡り会いたいと。

「分かりました」

祐未は頷いた。

しかしこのまま尾行するのも怪しい。もっとも自然な方法は、このまま彼女に連れて行ってもらうことだ。そう考えた祐未は、さっそくゆたかにお願いした。

「私、今日はこれで仕事が終わりなんです。よかったらお店にご一緒してもいいですか」

店長の手が緊張したように止まっていた。

ゆたかはきょとんと祐未を見た。

「あっ、もしかして夜の営業まで、お店は休憩中ですか？」

祐未が訊ねると、ゆたかはにっこり微笑んだ。

「どうぞ。ぜひいらしてください。今はティータイムの営業中です。私はお昼を買いに抜け出してきたんです」

店長がカウンターの下で小さくガッツポーズをしたのが見えた。

果たして店長は気づいているのか。ゆたかが注文したケバブサンドはふたつなのだ。当然、誰か一緒に食べる相手がいるということを。しかしのんきな店長は、今もせっせと分厚い肉を削ぎ落としていた。

JRの飯田橋駅を通過し、お堀を渡り、神楽坂通りを上る。

間もなく午後四時とはいえ、日差しは強く、祐未はすぐに汗びっしょりとなった。

遅い昼ごはんを買いに来たと言うから、彼女の勧める『スパイス・ボックス』は、神楽坂と言えど飯田橋駅に近いのかと思ったら、坂を上り切り、ようやく毘沙門天《びしやもんてん》の手前で路地に曲がった。

「けっこう遠くまで買い物に来たんですね」

息を切らしながら祐未が言うと、妙に涼しい顔でゆたかは答えた。

「ごめんなさいね。暑い中歩かせて。実はね、この辺りのテイクアウトはほとんど制覇してしまったの。たまには違う料理がいいなって駅の向こうまで行ったら、スパイシーな香りがして吸い寄せられちゃったのよ」

「暑いのによくあそこまで歩きましたね」

「暑いのはわりと平気なの。普段、暑い厨房で鍋《なべ》を振っているんですもの。それにね」

祐未は足を止めて、まじまじと横を歩くゆたかを眺めた。こんなにおっとりした女性が、まさかキッチンスタッフとは思わなかったのだ。

ゆたかも祐未の視線に気づいて顔を向けた。なぜか寂しげな微笑みを浮かべる。

「……なんかねぇ、遠くまで行きたい気がしたのよ」

それから取り繕うように明るく笑った。

「そういうことってない？」

祐未は少し考えた。

遠くとは、おそらくこの炎天下をいつもより足を延ばして食事を買いにいくことではないのだろう。

「……ありますね。うん、あります、あります」

そこでふっと忘れかけていた記憶が蘇《よみがえ》った。

遠くへ行きたかった、過去の自分だ。

無風だった路地に、一瞬、生温かい風が通り過ぎ、ゆたかの持っていたビニール袋からスパイシーなケバブサンドがにおい立つ。

もしかして、今日この人と出会い、のこのこと付いてきたのは偶然ではなかったのかもしれない。

「ゆたかさん、スパイス料理店でお料理を作っているってことは、スパイス料理に詳しいんですよね？」

「う～ん、そうね、詳しいというよりも、大好きよ。どうして？」

「スパイスだけでなく、ハーブも？」

「そうねぇ。私、あまり厳密に区別をしていないの。どちらも素材の味を引き立てたり、料理に風味を与えたりしてくれるでしょう。個性も色々で、調べているうちにどんどん深みにはまっちゃって、楽しくてたまらないの」

ゆたかはうっとりとした表情で語り、祐未は確信した。

「私、去年の今頃、ブラジルにいたんです」

「まぁ、ブラジル？」

「ケバブのお店で働いているのに、トルコじゃないのって思いました？」

「いいえ。全然。私、スパイス料理好きなんて言っているけど、実は一度も外国に行ったことがないの。ほら、異国の料理をやっている日本人って、その国を訪れて、料理や文化に惚れ込んで開業する場合が多いでしょ？」

「ウチの店長もそうですもんね。なにせ脱サラしてあの店を始めたんですから」

「好きなことに夢中になれるって素晴らしいのよ。それでブラジルにはどうして？」

「色々と嫌なことがあって。ブラジルは何となくです」

「何となく？」

「どこでもよかったんです。知らない場所に行ってみたくて」

「それで地球の裏側に？」

「まぁ、そうですね。できるだけ遠くがよかったんです」

「そう、遠いところがよかったのね。でもご家族は心配したんじゃない？」

　少し迷ったけれど、隠すこともない。

「家族、いませんから」

「あら」

　一人は自由だ。

　もともと祐未は一人っ子だった。

　警察官だった父親は祐未が幼い頃に死んでしまった。自殺だったと知ったのは二十三歳になった去年のことだ。突然姿を消した母親の置手紙にそう書かれていた。

　祐未を育てるため、母親が必死になって働いていたのは知っている。そのおかげで祐未は専門学校を卒業し、看護師になることができた。

　しかし、看護師だったのはほんの数年だ。母親の失踪《しっそう》は祐未にとって、仕事も手につかなくなるほどの衝撃だった。どんなに過酷なワークスケジュールも耐えてきた祐未でさえ、完全に打ちのめされたのだ。

祐未にとっては母親がすべてだった。けれど母親はそうではなかったのだ。

昼夜の仕事を掛け持ちして働く母親に、親しくしている相手がいることは感じていた。

もしも再婚したいと言い出せば、心から祝福しようと決めていた。

たった一人で、祐未が社会に出るまで育ててくれたのだ。もう私のことは心配しなくていい。今度こそ幸せになってと、その日に贈る言葉まで考えていたのに。

あの日、夜勤から帰ると、ちゃぶ台の上に手紙と通帳が置かれていた。

レースのカーテンが引かれた居間、日に焼けた畳、朝日を浴びたちゃぶ台の上の封筒。

忌々しい光景は、今もはっきりと目に焼き付いている。

手紙には丁寧な筆跡で事実だけが綴《つづ》られていた。

父親は病死ではなく、仕事に行き詰まった末の自殺であったこと。

夫の家族を顧みない身勝手な行動によって、自分がいかに苦しんだかということ。

せめて娘が社会に出るまではと、必死に働いて育てたということ。

その時が来たので、新しい伴侶《はんりょ》ともう一度人生をやり直したいということ。

なんと淡々とした手紙だろうか。

そこには娘に対する思いなど一切なかった。父親が自殺した時にすでに家族はバラバラになっていたのだ。

母は義務感だけで祐未を育てた。それだけ自殺した父親を憎んだのだ。

義務を果たしたと言いながらも、通帳を置いていった母親の中途半端さが、祐未にとっては少しだけ救いだった。社会人になったとはいえ、娘のことがやっぱり心配だったのだ。

すべてが嫌になり、祐未は仕事を辞めた。

祐未には、何もなくなった。

このまま自分も消えてなくなってしまえればいいのにと思った。

社会に出ても、仕事など辞めてしまえば簡単に何もなくなる。母は、そんなことまで考えただろうか。

通帳の預金額は二百万。母が必死の思いで貯《た》めたお金に違いない。でも祐未には、そんな母の苦労など、もうどうでもよかった。

それで、ブラジルである。

「ブラジルはどうだったの？」

ゆたかがやんわりと訊ねた。

家族のことを突っ込まれるかと思っていたから拍子抜けした。

「あ、はい。まぁ、知らない場所に行きたいっていうだけで行ったわけですから、特別な興味もなかったんですけど、それが、意外とみんな優しくて、いい国でした」

本当は異国で野垂れ死んでも構わないと思い、何も持たずに行く自分のことが愉快でたまらなかった。

しかし、ブラジルは本当の意味で愉快だったのだ。

見たことのない景色は、空港に降り立った瞬間から、祐未の心に高揚感をもたらした。

街の喧騒《けんそう》も、騒々しい人々も、何もかも新鮮だった。

最初の数日はホテルに滞在したが、お金が心配になってアパートを探した。

治安が悪いと言われていたけれど、そういう場所には極力近づかなかったので、特に怖い思いもしなかった。言葉はよく分からなかったけれど、街の人とはお互いに身振り手振りで交流した。人々は面倒見がよく、お節介過ぎるほど優しく祐未に接してくれた。

祐未は必死になっているうちに、いつしか前向きな気持ちを取り戻していることに気づいた。

日本に戻り、仕事を探し、一人で生きていく。

当たり前のようにそう思えるようになっていた。

そんな時、高熱を出した。

看護師をしていたから単なる風邪だと察しはついたが、やっぱり心細かった。病院のかかり方も知らないし、自分の症状を伝える語学力もない。仕方なく祐未は近所の薬局に薬を買いに行くことにした。日本から持って行った解熱鎮痛剤は残りわずかで、心細さもあって誰かの顔が見たかったのだ。近所の薬局なら、すっかり顔見知りになったおばさんが店番をしている。

祐未が一人で生活をしていることを知っていた彼女は、高熱で朦朧《もうろう》とした祐未を見て、すぐに自宅に連れ帰った。彼女の家は大家族で、長女のベッドを祐未に明け渡すと、しばらくここで休んでいるように言った。

「知らない場所で不安でしょう。でも、大丈夫よ。すぐよくなるわ」

言葉は理解できなかったけれど、その意味は感じ取ることができた。

それほど彼女の口調は優しく、温かい手は安心感をもたらしてくれた。

目を閉じて温《ぬく》もりを感じているうちに、祐未はいつの間にか眠ってしまった。

目を覚ますと彼女の家族が帰ってきていた。

男の子が三人、女の子も三人。こんなにたくさん子供がいるのに、祐未のことも自分の娘のように心配してくれるおばさんの優しさに涙が出た。

自分の母親は、たった一人の娘を捨てたというのに。

祐未が泣くと、今度は彼女の子供たちが心配して、涙を拭いてくれたり、手をさすってくれたり、全員が祐未を案じてくれた。

幸せな気持ちで眠ると、翌朝には熱が下がっていた。

「素敵なお話ですね」

神楽坂通りを上りながら、両親のことは抜きにしてブラジル滞在中のことを語ると、ゆたかは微笑んだ。

「そうなんです。ブラジルは日系人が多いし、移住した日本人がブラジルの発展に貢献したと思ってくれているので、親日家が多いんですよね。まぁ、もともとフレンドリーな気質だと思うんですけど。こんなことも行ってから初めて知ったんですよ、今思うと、本当に何も知らずによくブラジルに渡ったなぁ」

「知らなくてもぶつかっていけるのはやっぱり若さだわ。私も、若い時にさんざん外国を旅して回った人を良く知っているの」

ゆたかは遠くの空を見ていた。

もしかしたら、ゆたかがスパイス料理店をやっているのはその人の影響かもしれない。

「優しい薬局のおばさんに出会えてよかったわね」

「本当ですよ。熱が下がった時に、彼女がスープを作って持ってきてくれたんです。そのスープが忘れられないんですよね。ハーブも効いた複雑な味なんですけど、なんだかとっても体に沁《し》みて美味しいんです。あれはなんていうお料理なんだろう。結局分からないまま帰国しちゃったんですけど、また食べたいなぁ」

祐未は帰国してからもずっとあの味が忘れられなかった。

ブラジル料理店に行けばメニューにあるかもしれないとも思ったが、彼女が作った家庭的な味とは違うものが出てくる気がして足を運べなかった。

祐未が食べたいのは、薬局のおばさんの素朴で優しい味なのだ。

あの独特の風味は何か、それが知りたくて、祐未はスパイスやハーブの料理を出す店を転々としながら、あの味を探しているのである。

「へぇ。いったい、どんなスープなのかしら」

思った通りゆたかが興味を示し、詳しく説明しようとした時だ。

「着いたわ」

ゆたかが足を止めた。

目の前は夕時の陽《ひ》ざしを受けて佇《たたず》む古民家だった。

「妹がお腹を空かせて待っているの。お茶でも飲みながら、ゆっくり続きを聞かせて」

そして、祐未は『スパイス・ボックス』に足を踏み入れたのである。


「ブラジルの料理かぁ」

妹のみのりが、ケバブサンドの包みを覗き込み、こぼれた野菜をつまみながら言った。まだ食べたりないのかもしれない。

「もう一度、スープに入っていた具を教えて」

ゆたかが厨房から分厚いノートを持って来た。きっとここに様々なレシピが書かれているに違いない。

「野菜とチキンです。チキンはほぐしてありました。野菜は細かくカットしてあって、色々入っていたので全部は覚えていないんですけど、トマト、タマネギ、セロリ、あとはニンニクが効いていましたね。決定的なのはお米です」

「お米が入っているの？　日本の雑炊みたい。病み上がりにもぴったりね」

「そうなんです。味付けは優しいんですけど、何か独特の酸味と言うか、爽《さわ》やかな風味があって、それが何だか分からないんです」

メモを取り終えると、ゆたかが顔を上げた。

「材料自体は特に珍しいものはないのね。その酸味がやっぱり味の決め手なのかしら」

「でも、単純な材料だとますます特定が難しいんじゃない？　世界にスープはいくらでもあるからねぇ。その家庭オリジナルのスープってこともあるかもしれないし」

みのりが困ったように腕を組む。

「スープは一番身近なお料理だからね。どこの国にもスープがある。それぞれの国で馴染《なじ》んだ調味料で味を付けるから、それぞれの国のスープができる」

「日本は味噌汁《みそしる》だもんね」

「そういうこと。でもその味噌汁だって、地域や家庭によって様々でしょう。きっと祐未さんが食べたスープもおばさんのアレンジが加わっているとしても、おおもとになる料理がきっとあるはずだわ」

真剣に取り合ってくれる姉妹に祐未は嬉しくなった。

「それにしても、香味野菜がかなり入るのね。鶏肉のタンパク質、お米の炭水化物、ニンニク。病み上がりにはぴったりのお料理だわ。問題なのは爽やかな風味や酸味ね」

ゆたかがノートを見直しながら呟《つぶや》く。

あの時、弱った祐未にはお米が心に沁みた。急に郷愁にかられ、日本に帰ろうと決意したのもあの時だった。

「おばさんも祐未さんが日本人だから、そのスープを喜んでくれると思ったのかもしれないわね」

「そうかもしれません」

ユミ、ユミ、と優しく呼びかけてくれた彼女の笑顔が頭に浮かび、祐未は胸が温かくなった。

ふと時間が気になって、スマートフォンを覗いた。もうすぐ五時だ。すりガラス越しに差し込む光は先ほどよりもずっと赤みが濃い。

「ごめんなさいね。ディナータイムは五時からなの。そろそろ準備をしないと」

ゆたかが席を立ち、みのりもテーブルを片付け始める。

「よろしければ夕食もいかがですか？」

「シフォンケーキとお茶でお腹がいっぱいになりました。また、寄らせていただきます」

ゆたかの料理に興味はあったが、祐未はゆたかが店に来る前に、切り落としたケバブの端っこをもらって食べていたのだ。

それに店長に報告をしなければ、明日何を言われるか分からない。

会計をしようとすると、ゆたかがにこりと笑った。

「今日はいいのよ。いろんなお話を聞かせてもらって楽しかったわ」

連絡先を交換し、姉妹に見送られて路地に出た。

振り返ると、古民家の軒下で姉妹が手を振っていた。嬉しくなって、祐未も手を振り返す。久しぶりにブラジルの思い出話をして楽しかったのは祐未も一緒だった。

こんなに胸が弾んだのはいつ以来だろうか。

その上、あのスープをもう一度味わえるかもしれないのだ。

坂道を下りながら、店長にメッセージを送った。

『さっきのお客さんのお店が分かりました。でも、素敵なパートナーさんと一緒でした。ケバブサンドは美味しいと、お二人からご好評をいただきました』

これで店長はすっぱり諦《あきら》めるだろう。

祐未はにんまりと笑いながら、飯田橋の駅へと夕時の喧騒をかきわけていった。

3

慌ただしく夜の準備を始めたものの、そういう日に限っていつもよりも早く店内が満席となる。みのりは注文を取るため、テーブルと厨房とを何度も行き来した。

ゆたかに話したいことがたくさんあったのに、その余裕がまったくない。会話と言えば、注文を通すやりとりだけだ。

柾の命日のこと。

西島茜からの依頼。

そして、飯田橋のケバブサンド店の女の子のスープ。

一気に難題をかかえ、みのりは重いため息を漏らした。

それが解決したら、『スパイス・ボックス』の開店一周年がやってくる。こちらも何かしらイベントをやって盛り上げたいが、問題がすべて解決しないことには、とても集中できそうにない。

まずは九月五日の柾の命日だ。

先ほどレジの横に置かれたカレンダーで確認したが、毎週火曜日の『スパイス・ボックス』の定休日とは残念なことに重なっていない。母親の言う通り、臨時休業にして房総に帰省するしかなさそうだ。

偶然知り合った祐未のおかげで、ゆたかの気持ちも紛れたものの、スパイシーなケバブサンドの店に引き寄せられたのは、夫のことで頭がいっぱいだったからではないのか。やはり柾のことを先に片付けない限り、『最新厨房通信』の企画にも身が入らないに違いない。

一日分の売上が消えるのは個人店にとって大きな痛手だが、ゆたかのためにはそんなことも言っていられない。そもそもゆたかのスパイス料理は柾がいてこそのものだ。

ここは潔く臨時休業を決意し、経営者らしく姉に伝えよう。

みのりはそう決心する。

そういえば、柾の形見とも言えるスパイス・ボックスはどうしただろう。

以前は木箱の蓋を開けて、夫と集めた様々なスパイスを愛《いと》しそうに眺めるゆたかをよく目にしたものだが、今はスパイスとハーブに囲まれて仕事をしているから、どこかにしまい込んでいるのかもしれない。

木箱の蓋を開けた時の、心が躍るようなワクワクした気持ちを、ゆたかにまた味わわせてあげたいと思う。アヤンさんからビッグカルダモンが届いた時のゆたかを思い出し、みのりはますますそう考えた。

悶々《もんもん》としたままディナータイムの営業を終え、最後の客を送り出したのはいつもよりもだいぶ遅い時間だった。

「お疲れ様、お姉ちゃん」

みのりは玄関灯を消し、外の看板を玄関に片付けながら、厨房のゆたかに声をかけた。最後の客は食後もお酒をゆっくりと楽しんでいたから、テーブルにはグラスしか残っていなかった。ゆたかにグラスを洗ってもらい、さっさとレジ締めをして帰ろう、そして帰り道に、思い切って話をしよう。

そんなことを考えながら、流しにグラスを置いた時だった。

「みのり、悪いけど、あとはお願い」

「え？」

厨房はすっかり片付いていて、調理台もガスレンジの周りも光るほどに磨き込まれていた。さらにカウンターには、みのりのためのおにぎりまで置かれている。

ゆたかはつかつかと棚に造り付けられた本棚まで進んだ。

「お、お姉ちゃん？」

ゆたかは真剣な顔でびっしりと並べられた本の背表紙を睨《にら》みつけていた。世界中の料理に関する書籍や雑誌の中から、おもむろに何冊かを抜き出すと、一番近くのテーブルに運んでページを繰り始めた。

「お姉ちゃんってば。この時間にそんなに本を出してきてどうするの？」

「ディナータイムの間、ずっと祐未さんのスープが気になって仕方がなかったのよ。だって、ブラジルの料理なんて全然知らないもの。せっかくの思い出のスープ、祐未さんに食べさせてあげたいじゃない」

どうやらゆたかも悶々としながら仕事をしていたらしい。おかげでいつもの好奇心を取り戻しているようだ。

「お姉ちゃん、研究熱心なのはいいけど、もう終電まで一時間しかないからね。私が片付け終わったら、駅までダッシュしないと間に合わないんだからね」

夢中になったゆたかは寝食を忘れる。ことにスパイスに対する没頭ぶりはひとしおだ。

心配になったみのりが念を押すと、案の定ゆたかは初めて時間に気づいたかのように声を上げた。

「もうそんな時間なの?」

「そんな時間です。最後のお客さんが入ってきた時点で、すでにラストオーダーの一分前だったからね。私、もともと延長戦は覚悟していたよ」

「やだぁ、全然気づかなかった」

どれだけ祐未のスープのことを考えていたのだろう。それでも注文された料理だけはいつも通り作るから大したものだ。

「何だったら、明日いつもよりも早く来て、一緒にそのスープを探そうか?」

山と積まれた料理本を見ながら、みのりが提案すると、ゆたかは「いいの？」と顔を輝かせた。

「当たり前じゃない。お姉ちゃんが連れて来たお客さんだもん」

「ありがとう、みのり」

ただし、朝食に最近お気に入りのブーランジェリーのクロワッサンをおねだりすることも忘れなかった。


結局みのりがグラスを洗い、レジを締め、ガスの元栓やあらゆる場所の施錠を確認し、ゆたかを促して店を出たのは走って終電に間に合うギリギリの時間だった。

ゆたかが作ったおにぎりをバッグに入れて、神楽坂通りを駆け下りる。

この時間は終電を気にした同業者も一緒になって走っているので、何となく負けていられない気持ちになる。そのため電車に乗ったとたんにどっと疲れが襲ってくるのだ。

もっとも終電も混雑しているから、気を抜いている場合ではない。後ろからも次々に客が駆け込んできて、反対側の入口へと押し込まれた。

ゆたかは扉にもたれるように、ぼんやりと窓の外を眺めている。今も祐未のスープのことを考えているのだろうか。

みのりは覚悟を決めた。まずは柾の話だ。

アパートで二人きりの時よりも、周りに人がいる状況でさらりと訊《き》くのがいい。そのほうが自分も気が楽だ。

「お姉ちゃん」

「なぁに？」

「もうすぐだね。柾さんの命日」

ゆたかはきょとんとみのりを見つめた。

「覚えていてくれたの？」

「当たり前じゃない。その日、お墓参り行こうか。お母さんも一緒に」

本当はうっかりしていたが、正直に言う必要もない。

ゆたかはじっとみのりを見つめている。

「一日くらいお店を休んで。ね？」

すぐに頷いてくれるかと思ったが、ゆたかは「そうねぇ」と視線を窓の外へと向けた。

みのりは車窓に映ったゆたかと目を合わせようとする。

「どうしようかねぇ……」

ゆたかはまるで上の空のような口調で呟いた。


翌朝、いつもより一時間早く姉妹は神楽坂に到着した。

途中のブーランジェリーで焼きたてのクロワッサンを買い、みのりは張り切ってコーヒーを淹《い》れた。たっぷりのカフェオレとクロワッサンで朝食を摂《と》りながら、ゆたかの調べものに付き合うのだ。

時々、ゆたかのメニュー開発や試作に付き合うことはあったけれど、夏に入ってからは定番のアジア料理をフェアに取り入れたため、すっかりその機会が減っていた。

昨晩、ゆたかはどうやら遅くまでインターネットで色々と調べていたようだ。

しかし、祐未の話を聞いただけでスープなど探し出すことができるのだろうか。

ブラジル料理と言われても、料理雑誌の編集部にいたみのりですらピンとこない。

二十代の頃、同僚と「肉、肉！」と興奮しながら食べたシュラスコは、そういえばブラジルの料理だったかと今さら思い出す程度だ。

そうなると、ここで『最新厨房通信』にもっと世界の料理を取り入れようという茜のアイディアも、けっして突飛な考えではないような気がしてくる。

みのりは淹れたてのカフェオレをテーブルに運んだ。

ゆたかはすっかり調べものに没頭していて、せっかくのクロワッサンもテーブルの端に追いやられていた。

「どう？　何か手がかりはあった？」

「う～ん、そうねぇ」

ゆたかは顔を上げて、みのりからカップを受け取った。

「私、だいたい分かっちゃった」

「えっ、もう？」

「うん。祐未さんがかなり具体的に材料や味を教えてくれたからね。材料もウチにあるもので十分間に合うわ」

「すごいじゃない、お姉ちゃん」

「つくづく世界は繋がっているって思っちゃった。使っているスパイスやハーブが同じでも、国によって組み合わせ方が違うことがある。だからまったく違う料理もできるし、似たような料理があちこちに存在する。たぶん、柾さんは色んな国でそれを実感して、ますますスパイスに興味を持ったと思うのよね。世界はスパイスで繋がっているって言ったら大げさだけど」

ゆたかの言葉に、みのりはハッとした。

「でも、お姉ちゃん、あながち大げさではないかもよ。世界史で習った大航海時代よ。南アメリカ大陸が発見されて、西欧諸国は植民地にしようと南アメリカにも手を伸ばした。東南アジアのスパイスを巡って争ったのと同じだよね。船に乗った人たちと一緒にスパイスも食文化も、世界をぐるっと巡っているのよ。このお店を開かなかったら、私、そんなこと意識することもなかったわ」

「みのり、あなた、時々鋭いわね」

「鋭いって、何が？」

　ゆたかはうふふと微笑む。

「私も初めてブラジル料理を調べたわ。柾さんはね、南アメリカには行っていないの。私が興味を持っていたのは、あの人が旅をした地域のものばかりだったのよ。きっと無意識に柾さんの痕跡《こんせき》を追っていたのね。話してくれた時の笑顔を思い出したり、雑誌を眺めながらこの料理をあの人も食べたのかなって考えたり」

　ゆたかは顔を上げて、本棚のほうを眺めた。

「私にもまだまだ知らない料理がたくさんあるんだわ。何だかもっと知りたくなっちゃった。こんなふうに思ったのは久しぶり」

「お姉ちゃん」

　ゆたかのこんなに明るい表情をいつから見ていなかったのだろう。

「あっ、そうだ」

　広げられた各国の料理の本を前に、みのりは茜の企画を話すなら今しかないと思った。

　ゆたかは真剣な表情で話を聞き、聞き終えるとすっかりその気になっていた。

「いいじゃない。すごく素敵な企画だわ。料理人としても興味があるコーナーよ。だって、みんないつも何か新しいテイストを取り入れたいって悩んでいるじゃない。ちょっとしたヒントになるかもしれないわ」

「ああ、そうね、和史《かずふみ》みたいにね。まぁ、あいつはめったに真新しいことは取り入れないけどさ」

「それはそれ。お店の個性よ。ウチみたいにオールジャンルの店ならどんなことでもヒントになる。それに、私自身、もっと世界中のお料理を知りたいもの」

「うん。私も」

ここまでゆたかが喜んでくれて、みのりも嬉しくなった。

「私、これまでスパイスにこだわり過ぎていたのかもしれないわ。スパイス料理というくくりじゃなく、世界中の料理に使われるスパイスって考えたほうが、ずっとしっくりくるのよ。そうすれば、スパイスは辛いなんて偏見もなくなるんじゃない？」

「夏の間は辛いエスニック料理ばかりやっていたけど、確かにそうだよね。スパイスはお姉ちゃんのルーツでもあるから大事にしたい」

そう言ってから、みのりは慌てて「あっ、お姉ちゃんと柾さんのルーツ」と言い直した。

「そうね。だからこそ、根っこを大事にして、これからはもっと視野を広げたい。祐未さんとの出会いも、茜ちゃんの企画も、何だか今の私にとってはプレゼントみたいな気がするわ。私、もっと世界のスパイス料理を知りたい」

柾が為《な》し得なかったもの。ゆたかはそれを自ら探求することで、柾をそばに感じ取ろうとしている。ならばそれを支えるのは自分だ。みのりの胸にも意欲が湧《わ》き上がる。

「そうそう、昨日の続きだけど、九月五日は休業でいいよね？　ほら、柾さんに報告することができたんだもの。私、お母さんにも連絡して、玄関に貼《は》るお知らせも用意しておくから」

改めてゆたかに向き合ってみのりは言った。

いくらゆたかが元気を取り戻しても、柾の命日は別物だ。

姉の表情を窺いながら、みのりは繰り返した。

「夏の売上は好調だったし、いっそ連休にして房総で一泊してもいいね。お姉ちゃんの働いていたホテル、今から予約できるかな。懐かしいでしょ。お母さんも一緒に慰労会ということで……」

ゆたかは微笑んだまま、ゆっくりと首を振った。

「いいの。ありがとうね、みのり。お墓参りは一人でいいわ」

「えっ、でも、お姉ちゃんがいないと店も開けられないし、私も行くよ」

「違うの。ダメよ。臨時休業なんて甘いことは言っていられない。せっかく好調なんだもの。このままノンストップよ」

「ええ〜っ」

これにはみのりも驚いた。時にゆたかは鬼のように厳しい職業倫理や商売根性を発揮する。

「じゃあ、お墓参りは？」

「定休日に行ってくるわ。命日じゃなくても柾さんは許してくれるわよ。だってあの人、絶対にお墓なんかでじっとしていないもの。きっと今頃、喜んで世界中を飛び回っているわよ」

「そっか、そうだね」

「うん。でもお骨だけ寂しがっていてもかわいそうだから、ちょっと会いに行ってくる」

「わかった、なら、夫婦水入らずがいいね」

みのりの言葉に、ゆたかはにっこりと微笑んだ。

その数日後のことだ。

ディナータイムが始まる午後五時、ガラガラと引き戸が開いた。

「あっ、来た」

「いらっしゃい！」

この時間に来店する客は、「エキナカ青年」くらいしかいない。しかし、今日は違うと分かっている。四時半でケバブサンド店を退勤した日下部祐未だ。ゆたかが連絡して呼び出したのである。

「お邪魔します。本当にあのスープが飲めるんですか？」

祐未は入ってくるなり、緊張と期待の入り混じったような顔で言った。

「ふふ、すぐに用意するから待っていてね」

ゆたかは祐未をカウンターに案内すると、楽しそうに厨房に戻って行った。

みのりはアイスチャイを飲みながらソワソワしている祐未を見つめた。

果たしてゆたかが用意したスープは祐未が探していたものなのか。

いや、おそらくそうに違いない。

あの朝、ゆたかが見せてくれた料理雑誌とレシピは、祐未から聞いていた内容とほとんど一致するものだった。鶏肉と米、そして酸味。特徴的な料理だから、ゆたかがさほど苦労せずに探し出したのも納得がいった。

しかも、スープが載った本は一冊ではなかった。つまり、珍しいスープではないということだ。

その中の一冊を取り上げてゆたかが言った。

「さて、私はこのレシピを参考にして作ろうかな」

何気なく表紙を見たみのりは目を見張った。

「お姉ちゃん、その本……」

ゆたかは表紙を示しながらいたずらっぽく笑った。

「ね？　だからみのりは鋭いって言ったでしょう？」

今、そのレシピをもとに作ったスープを祐未が待っている。

次第に厨房から美味しそうな香りが漂い始め、祐未はわずかに身を乗り出した。香りでスープを感じ取るように目を閉じている。

「祐未さん、お待たせしました」

ゆたかが祐未の前にスープ皿を置いた。

祐未は待ち切れないというように、スプーンを握った。まるで母親の手料理を待つ子供のようだ。

みのりもまだ試食をしていない。食べたいとせがんだけれど、ゆたかは祐未さんが先、と少しの味見さえ許してくれなかったのだ。みのりも一緒になってスープ皿の中を覗き込む。

ずいぶん具だくさんのスープだ。表面に見えるチキンのほぐし身の下には、細かく刻んだ野菜がたっぷりと沈んでいる。米が入っていると聞いていたから、てっきり雑炊のようなものを想像していたが、米は野菜のひとつという感じで、刻まれた野菜と見事に混じり合っていた。驚いたのは飾りだ。レモンのスライスと、ミントの葉が浮かんでいる。

スープを観察していた祐未は、味わうより先に顔を上げた。

「そうか、酸味の正体はレモンだったんですね！　やっと分かりました」

「おばさんはきっと果汁だけ使ったんでしょう。それだと、何の酸味か分かりませんからね。さぁさぁ、早く食べてみて。まだ正解かどうか分かりませんよ」

「ええ〜、でも、絶対にこれで正解だと思います」

ゆたかに促され、祐未はたっぷりとスープをすくったスプーンを口に入れた。具材を咀嚼《そしやく》し、ごくんと飲み込み、ゆたかを見て大きく頷く。

「やっぱりおばさんのスープです。においを嗅《か》いだ時から間違いないって思っていましたけど」

「よかったわ」

ゆたかがにっこりと笑い、みのりもホッとした。

祐未は改めてスープの具材をじっくりと眺めている。

「そっか、爽やかな風味はレモンの酸味とミントだったのかな。ううん、何種類かハーブが使われているとは思ったんですけど、ドライミントでも使っていたのかな」

祐未もケバブサンド店で働いているだけあって、スパイスやハーブには詳しそうだ。いや、ブラジルで食べたスープを探すうちに詳しくなったのかもしれない。

「日本では酸味のあるスープは飲み慣れないので、よけいに祐未さんの印象に残ったんでしょうね。レモンは鶏肉の臭みを消すために加えるそうです。ミントは爽やかな風味とおっしゃっていたので飾ってみました。いろんなレシピを探しましたが、使われるハーブはローリエだったりパセリだったりローズマリーだったりと様々でした。そのあたりは家庭の味なのかもしれませんね。でも私、きっと薬局のおばさんは、病み上がりの祐未さんのために、さっぱりした味で栄養もたっぷりのこのスープを選んで作ったのだと思います。たっぷりの野菜、鶏肉のタンパク質、お米の炭水化物とレモンのビタミン。これほどぴったりなスープはありません」

「ああ……」

祐未はしみじみとスープを見下ろしながらため息を漏らした。

「そうなんです。あの時の私はこのスープの優しい味わいを本当に美味しく感じたんです。お腹も空っぽでしたから、じーんと温かさが沁みわたって、夢中になって食べました。おばさんは笑いながらおかわりを持ってきてくれたんです。ユミ、よかったね、たくさん食べて、もっと元気になってねって。おばさんの優しさがますます心に沁みて、私、泣きながら食べました」

そういう祐未は、今も涙を浮かべている。

ゆたかは優しく祐未の肩をさすった。

「外国で具合が悪くなるなんて、さぞ心細かったでしょう。祐未さんは一人だったんですもの。きっとおばさんもそう思ったのよ」

祐未はこくんと頷く。

「でもね、おばさんが助けてくれたのは、それまでに祐未さんがコミュニケーションを取っていたからよ。異国で、たった一人で頑張る祐未さんを見ていたからだと思う。だから助けてくれたの。世の中って、きっと捨てたものじゃないのよ」

祐未は両手で顔を覆って泣いていた。その時のことを思い出したのか、それとも、ゆたかの言葉でもっと色々なことが胸に溢《あふ》れて来たのか。

「祐未さんは嫌なことがあったから遠いところに行きたかったのよね。でも、一人で地球の反対側に行くなんて、生半可な気持ちではできないわ。けっして逃避なんかじゃない。祐未さんは勇気のある、とても強い人よ」

ゆたかの言葉に祐未の肩が震えた。

祐未に日本で何があったのかは分からない。けれど祐未は地球の裏側からちゃんと日本に戻ってきて、こうして温かいスープを食べている。ブラジルで体験した温かな記憶を思い出して涙を流している。

そんな料理を作ることができた姉を、みのりは誇らしいと思った。

祐未が異国のスープで元気づけられたように、料理人の思いのこもった料理には、食べた者を癒し、勇気づける力があるのだ。これまでだって何人のお客さんが「ありがとう、元気が出たよ」と帰って行ったことだろう。

しばらくして祐未は顔を上げて涙を拭いた。

「ゆたかさん、ありがとうございました。このスープは私に家族の温かさを思いださせてくれたんです。だから忘れられなくて、また食べたかった。ようやく食べることができました」

祐未に家族がいないということは、みのりもゆたかから聞いていた。

「あの時、薬局のおばさんが母親みたいに思えました。小さい頃、私の母もあんなふうに、風邪を引くとお粥やら雑炊やら作ってくれたんですよ。おばさんも子供たちも、みんなが私を本当の家族みたいに心配してくれて、それがすごく嬉しかった……。思えば、ブラジルではそんな経験ばかりでした。日本ではあんなに孤独だったのに、ブラジルに行ってからはいつも周りに人がいました……」

「寂しくなったらここに来て、またおしゃべりをしましょう。そして姉の料理を食べてください。いつでもお待ちしていますよ」

みのりの言葉に祐未は嬉しそうに頷いた。

「実はね、祐未さん。ひとつ告白することがあるんです」

ゆたかが言うと、祐未は不思議そうに首を傾《かし》げた。「告白？」

「実は、先ほどのスープはポルトガルの料理のレシピを参考にしたんです」

「ポルトガルの料理？」

ゆたかは参考にしたレシピが載った本を祐未に差し出した。みのりも驚いたあの時の料理本だ。

「でも、材料も味もほとんど、同名のスープがブラジルにもあります。カンジャ・デ・ガリーニャ。ポルトガル語で『鶏のスープ』です。ポルトガルでは主にカンジャと呼ばれているようですね。このスープはどちらの国でも愛されているお料理なんです。きっとポルトガルからブラジルに渡った人たちが伝えたのでしょうね」

「まさか同じ料理がブラジルとポルトガルにあるなんて……。でもかつてはポルトガルの植民地でしたし、多くの移民を受け入れてきた国ですもんね。ああ、きっと何でも受け入れてくれるおおらかな優しさは、そこにも関係しているんだ……」

祐未は納得したように残りのスープをスプーンでゆっくりとかき混ぜた。

ゆたかは祐未が返したポルトガル料理の本を受け取ると、にっこりと微笑んだ。

「祐未さん、ありがとう。祐未さんのおかげで、私、大事なことに気づかされたの」

「え？　お礼を言うのは私じゃないですか」

「違うの。私もこのスープで生まれ変わった気がするのよ。祐未さんからスープの話を聞いた時、とてもワクワクしたわ。どんなスープなんだろうって調べる時も楽しくてたまらなかった。新しい知識を得る、何事にも代えがたい喜びを思い出したのよ」

ゆたかはみのりをチラリと見た。

「私、与えられた知識だけで世界を見つめていたわ。でも、もっと色んなスパイスやハーブの料理を知って、それを伝えて行きたいって思ったの。伝える方法はもちろん『スパイス・ボックス』の料理よ。ねぇ、祐未さん。このスープ、メニューに加えてもいいかしら」

祐未は驚いたようにゆたかを見つめ、笑顔で頷いた。

「もちろんです。だってこんなに美味しいんですから」

みのりはほっと胸を撫《な》でおろした。ここ数日、ずっとモヤモヤとしていたものがようやくすっきりと解消した気がする。経営者の顔でみのりは言った。

「私たち、これからはもっと色んな国の料理に挑戦したいと思っているんです。スパイスやハーブを生かした各国のお料理で、お客さんに、驚いたり、新しい発見をしてもらったり、時にはただ美味しいって思っていただいたり。これまで以上に様々な楽しみを味わっていただければと考えているんです」

「すごく素敵です。私もぜひ食べてみたい」

祐未が目を輝かせた。

「もっともっと、ゆたかさんのお料理を食べてみたいです」

「よかったら、いかがですか?」

ゆたかはにっこり笑ってメニューを差し出した。

「それとも、もうお腹がいっぱいですか？」

祐未は嬉しそうにメニューを開いた。

「いっぱいですけど、食べたいです！」

ゆたかの得意料理がインドカレーと聞いて、祐未はサグマトンとロティを選んだ。

「祐未さんはやっぱり羊のお肉が好きなんですね」

ゆたかに言われ、祐未はハッとした。確かにバイト先のケバブサンドもラムケバブだ。

「そうですね、意識したことなかったけど、確かに好きです。はは、あんな小さい店ですけど、店長のケバブサンドが美味しいから、なかなか辞められないんですよね」

定休日の日曜日以外は、祐未は毎日働いているらしい。

「今度、ぜひ店長さんといらしてください」

祐未は曖昧《あいまい》に笑い、取り繕うように訊ねた。

「どうしてゆたかさんはインドカレーが得意なんですか」

ゆたかはにっこり微笑んだ。

「祐未さんのスープみたいに、私にとって、とても大切なお料理なんですよ」

祐未が帰った後、ゆたかは改まった口調でみのりに「ありがとう」と言った。

「え、どうして？」

「好きなことを何でもやらせてくれて」

「何言っているの。こっちこそだよ。お姉ちゃんがいなかったら、私なんて一人じゃ何もできないし」

ゆたかはみのりの背中に腕を回して、ぎゅっと抱きしめた。

「お姉ちゃん？」

「みのりはきっとまだ分からないでしょうね。みのりがいてくれて、どれだけ私が救われているかってこと」

みのりもゆたかを抱きしめ返す。

毎年、柾の命日を前にゆたかがどんな気持ちを味わっていたか、想像できないわけではなかった。

二人の当たり前の生活を唐突に切り裂いた、一瞬の事故。

単独事故だったものの、交通量の多い国道での出来事だったから、すぐに通報されたのだ。それを聞いた時の衝撃は、どれだけゆたかの心に深い傷を残しただろう。

その時期がくれば、嫌でもその時の、空気が、風のにおいが、日差しの温度が、数年前の傷を掘り起こす。

幸せなことに、みのりにはまだそんな経験はない。

けれど、いつか経験することもあるだろう。

そんな時、やっぱりそばにはゆたかがいてくれる気がした。

「これからも二人で頑張りましょう」

それからゆたかはカウンターに置かれていた包みを嬉しそうに取り上げた。

祐未がお土産《みやげ》に持って来たケバブサンドである。

包みを通して、スパイシーな香りが鼻をくすぐる。

「今夜の仕事が終わったら、いただきましょうね」

「うん！」

お互いの好きなものを知り尽くして、「美味しいね」と微笑み合う。

その幸せがいつまでも続くことをみのりは祈った。

エピローグ

九月に入って最初の定休日、ゆたかは一人で房総《ぼうそう》に向かった。

あくまでも一人でいいと言い張る姉をみのりは心配したが、朝早くに浅草橋《あさくさばし》のアパートを出るゆたかは、お気に入りのワンピースに身を包み、まるでデートに出かけるかのように幸せそうな顔をしていた。

この前言っていた通り、本当に柾《まさき》に会いに行くのだとみのりは納得し、「行ってらっしゃい」と送り出した。

ゆたかを見送った後、みのりは母親のさかえに電話をかけた。

「大丈夫、楽しそうに出かけていったよ」

『ほら、見なさい。あの子、意外としっかりしているのよ。あの時はね、私たちもどう接していいか分からなかったから、一人で引きこもってしまっていたけど、きっかけがあれば自分でちゃんと立ち直れるの。まぁ、そのきっかけを色々と残していってくれたのが柾さんだったんだけどね。そして背中を押してくれたのは、みのり、あなたじゃないの』

「えっ、きっかけは私じゃなくて柾さんなの？」

みのりはてっきり、店を開くから料理をお願いしたいと自分が言い出したことが、ゆたかを立ち直らせるきっかけになったと思っていた。

『まぁ、そうだけど、でも種を蒔《ま》いてくれたのは柾さんじゃない。あの子が大切にしているスパイスがたくさん入った箱も、ウチの畑のハーブ園も。あんなことになってしまったのはかわいそうだけど、今だって心の支えは柾さんだと思うわ。館山《たてやま》のホテルの時といい、ゆたかは、何度もあの人に救われているわね』

「うん。……なんだ、お姉ちゃんを心配していたのは私だけか」

『あら、もちろん私だって心配していたわよ。でもね、大丈夫だって思ったのは……』

さかえの言葉に一時の間があった。

『みのり、あなたがそばにいるからよ』

母親の言葉に、ぐっと胸が熱くなる。

「やだ、お母さん。当たり前じゃない」

『今回、あなたたちに会えなかったのは残念だけど、また二人で里帰りしなさいよ。ハーブ園の世話だってけっこう大変なんだから』

「うん、分かっている」

「さて」

電話を終えると、みのりは出かける用意を整えた。

行き先は葛西臨海公園駅《かさいりんかいこうえん》。ゆたか行きつけのアヤンさんのインド料理店だ。

ランチライムは十一時からと聞いていたから、その時間をめがけて電車を乗り継ぐ。

一人で出かけるのは久しぶりだ。店の定休日は、たいていゆたかとどこかに食事に出かけている。

「こんにちは」

店に入ると、一人で訪れたみのりにアヤンさんは驚いたようだった。一度しか会っていないけれど、アヤンさんはみのりのこともすっかり覚えてくれていたのだ。

「ゆたかは？　みのりさん一人？」

「はい。今日は、柾さんのところに行っています」

そう言うと、アヤンさんはすっかり理解したようだった。

おかげでみのりも話しやすくなった。

一人でここを訪れた目的はただひとつ。ゆたかに新しいスパイスをプレゼントすることだ。しかし、みのりにはゆたかのスパイスボックスの中身などほとんど分からない。瓶や小袋にひとつひとつ名前が書かれているわけではなく、店で見慣れたものをかろうじて判別できる程度なのだ。

ゆたかに以前聞いたところによると、柾が用意したスパイスは、たいていアヤンさんから分けてもらったり、店を通じて取り寄せてもらったりしたものらしい。

それに、以前アヤンさんからビッグカルダモンをプレゼントされ、ゆたかは感激していた。ここはやはりアヤンさんに相談するしかないと、みのりは足を運ぶことを決心したのだ。

「姉に、何か新しいスパイスをプレゼントしたいんです。今のままじゃ、柾さんとの思い出のスパイスボックスの時間が止まったまま。開けるたびに思い出に浸るのではなく、ウキウキする気持ちを味わってほしいの」

みのりの言葉に、アヤンさんは力強く頷いた。

「ワカッタ。待っていてクダサイ。今、ワタシ、ちょっと考えます」

その間、みのりはカレーを食べて待つことにした。早い時間に来たためか、入ってくる客はまばらだ。きっと路地とはいえ、繁華街にあるみのりの店とは違い、十二時になったとたん、いっせいに客が押し寄せるのかもしれない。

「どうぞ、みのりさん」

しばらくして、アヤンさんが手のひらに何かを載せて戻ってきた。

「これって……」

「そう、ワタシの店では使っていません。でも、いいニオイ。大事に持っていました。食べる？　ダイジョブ、私、ちゃんと保存してます。食べる、ＯＫですよ」

「ありがとうございます」

カレーの代金と合わせてスパイスの分も払おうとすると、アヤンさんは笑顔で首を振った。

「ワタシ、ゆたかも柾も大好き。これ、ワタシとみのりさんからのプレゼント、ダイジョブ？」

「も、もちろん大丈夫ですけど、えっ、いいんですか？」

というのも、このスパイスがかなり高価であることは、みのりでも知っていたからだ。

「ダイジョブ、ダイジョブ」

笑顔で繰り返すアヤンさんに感謝しつつも申し訳なくて、みのりはタンドリーチキンとチーズナン、マトンカレーをテイクアウトに追加した。帰宅したら、ゆたかも喜んで食べるだろう。

「そうだ、アヤンさん。今度、『スパイス・ボックス』で、もっといろんな国のお料理にチャレンジしてみることにしたんです。できれば世界中の。だって、スパイスは世界共通ですもんね」

「いいですね。すごくいいアイディア！　柾も喜ぶね」

みのりはアヤンさんの満面の笑みを見つめた。

「はい！」

力いっぱい頷き、店を後にする。バッグには、アヤンさんから受け取ったバニラビーンズの鞘《さや》がある。鞘の中にはうっとりするほどの甘い香りの小さな粒がぎっしりと収まっているはずだ。

帰ったら、ゆたかのために甘い、甘いバニラアイスを作るのだ。

デートから帰ったゆたかをアヤンさんのカレーで迎え、デザートは手作りのバニラアイス。ゆたかが驚いて、感激する姿が目に浮かぶ。

そして、大喜びで残りのバニラビーンズを大切なスパイスボックスの中にしまうに違いない。

参考文献

『スパイス完全ガイド　最新版』ジル・ノーマン　山と溪谷社
『いちばんやさしいスパイスの教科書』水野仁輔　パイ インターナショナル
『増補新版　薬膳・漢方　食材&食べ合わせ手帖』喩静／植木もも子監修　西東社
『世界のスープ図鑑』佐藤政人　誠文堂新光社
『チョコレートの歴史』ソフィー・D・コウ／マイケル・D・コウ　河出書房新社

本書はハルキ文庫の書き下ろし作品です。

ハルキ文庫

な22-4

世界《せかい》をめぐるチキンスープ 神楽坂《かぐらざか》スパイス・ボックス❸

著者 長月天音《ながつきあまね》

2023年 9月18日第一刷発行

発行者 角川春樹

発行所 株式会社角川春樹事務所
〒102-0074 東京都千代田区九段南2-1-30 イタリア文化会館

電話 03(3263)5247(編集)
03(3263)5881(営業)

印刷・製本 中央精版印刷株式会社

フォーマット・デザイン 芦澤泰偉
表紙イラストレーション 門坂 流

ISBN978-4-7584-4593-1 C0193 ©2023 Nagatsuki Amane Printed in Japan
http://www.kadokawaharuki.co.jp/[営業]
fanmail@kadokawaharuki.co.jp[編集] ご意見・ご感想をお寄せください。

寺地はるなの本

今日のハチミツ、あしたの私

蜂蜜をもうひと匙足せば、あなたの明日は今日より良くなる――。「明日なんて来なければいい」と思っていた中学生のころ、碧は見知らぬ女の人から小さな蜂蜜の瓶をもらった。それから十六年、三十歳になった碧は恋人の故郷で蜂蜜園の手伝いを始めることに。頼りない恋人の安西、養蜂家の黒江とその娘の朝花、スナックのママをしているあざみさん……さまざまな人と出会う、かけがえのない日々。どこでも、何度でも、人はやり直せるし、変わっていける。そう思える一冊。

原田ひ香の本

古本食堂

かけがえのない人生と愛しい物語が出会う！　美希喜は、国文科の学生。本が好きだという想いだけは強いものの、進路に悩んでいた。そんな時、神保町で小さな古書店を営んでいた大叔父の滋郎さんが、独身のまま急逝した。大叔父の妹・珊瑚さんが上京して、そのお店を継ぐことに。滋郎さんの元に通っていた美希喜は、いつのまにか珊瑚さんのお手伝いをするようになり……。神保町の美味しい食と心温まる人情と本の魅力が一杯つまった幸せな物語。

ハルキ文庫